Mau hábito

Alana S. Portero

Mau hábito

Tradução de
be rgb

6ª edição

RIO DE JANEIRO | 2025

Copyright © Alana S. Portero, 2023

Todos os direitos reservados. É proibido reproduzir, armazenar ou transmitir partes deste livro, através de quaisquer meios, sem prévia autorização por escrito.

CIP-BRASIL. CATALOGAÇÃO NA PUBLICAÇÃO
SINDICATO NACIONAL DOS EDITORES DE LIVROS, RJ

P878m

Portero, Alana S.
  Mau hábito / Alana S. Portero ; tradução be rgb. – 6. ed. – Rio de Janeiro : Amarcord, 2025.

  Tradução de: La mala costumbre
  ISBN 978-65-85854-09-2

  1. Ficção espanhola. I. be rgb. II. Título.

23-86510
CDD: 863
CDU: 82-3(460)

Gabriela Faray Ferreira Lopes – Bibliotecária – CRB-7/6643

Este livro foi revisado segundo o Acordo Ortográfico da Língua Portuguesa de 1990.

Direitos desta edição adquiridos pela
AMARCORD
Um selo da
EDITORA RECORD LTDA.
Rua Argentina, 171 – Rio de Janeiro, RJ – 20921–380
Tel.: (21) 2585–2000.

Seja um leitor preferencial Record.
Cadastre-se em www.record.com.br
e receba informações sobre nossos lançamentos e nossas promoções.

Atendimento e venda direta ao leitor:
sac@record.com.br

ISBN 978-65-85854-09-2

Impresso no Brasil
2025

Para María Cardona, que é Τύχη

I'm falling
Depths endless
Worlds turn to smoke
One hundred years flicker
I kiss the snow
Is it cold in the water?
Is it cold in the water?
Is it cold in the water? (I'm swimming, I'm breathing, evaporating)
Is it cold in the water? (I'm liquid, I'm floating into the blue).

SOPHIE XEON

---

* "Estou caindo/ Profundezas infinitas/ Os mundos se tornam fumaça/ Cem anos cintilam/ Beijo a neve/ Faz frio na água?/ Faz frio na água?/ Faz frio na água? (Estou nadando, respirando, evaporando)/ Faz frio na água? (Sou líquida, flutuo no azul)."

*Lembro-me de quando viver era um perigo,
mas nos sentíamos vivas.
Lembro-me de quando hormonizar-se era um suicídio.
Lembro-me de quando os batons e o sêmen
tinham gosto de algodão-doce.
Lembro-me de quando éramos um fogo fora de controle.
Lembro-me de quando fomos felizes.
Lembro-me de quando pudemos ser heróis.
Lembro-me de quando nos tornávamos cordeiros
para ser carne para o caçador.
Lembro-me de quando não queria morrer.
Tecnicamente já estou morta.*

ROBERTA MARRERO

Sumário

O anjo caído — 11
A bruxa do final da rua — 15
Sobre meu nome — 23
Barbazul vive no térreo à esquerda — 31
Flutuando sobre escombros — 43
Rajadas brilhantes — 47
As garotas — 53
Carinha de pedra — 67
As mulheres sozinhas — 73
O mesmo bosque — 87
Jay — 99
Além de San Blas — 109
A família — 121

Para sempre	**135**
Profecia autorrealizável	**145**
Noturno	**153**
Não tem problema	**163**
Porcão	**171**
Calipso	**181**
Eugênia	**191**
As Moiras	**201**
As asas da Chinchila	**219**
Um reencontro	**225**
*	**241**
A pele fria	**245**
Voltar	**253**
Um prato de cogumelos	**261**
La gata bajo la lluvia	**269**
Todas as mulheres	**279**

O anjo caído

Vi uma geração inteira de rapazes cair como anjos em estado terminal. Adolescentes com a pele cinza, faltando dentes, cheirando a amoníaco e urina. Ladeavam com seus escorços a saída do metrô de San Blas, na rua Amposta, e as colinas do parque El Paraíso, como Cristos de Mantegna. Cobertos de agulhas como São Sebastião. Sentados ou estendidos de qualquer jeito. Lentos e sincopados, movendo-se como bonecos quebrados. Com o sorriso elevado dos crucificados. Indefesos, mas flutuando por lugares onde nada podia tocá-los. Vi quando brotaram e ficaram cada vez mais lentos, até chegarem à quietude final e se decomporem no lodo que se acumulava em nosso bairro com nome de santo, mas abandonado pela mão de Deus.

Minha primeira paixão foi por um daqueles anjos. Caiu da janela da casa dos pais, que ficava em cima do nosso apartamento térreo de trinta e cinco metros quadrados, com uma seringa enfiada no pé. Meu vizinho Efrén apareceu morto na rua, meio nu, em frente à minha porta. Eu ainda não tinha seis anos, andava com um tapa-olho e gaguejava. Acho que foram os lamentos de sua mãe que alertaram os habitantes do conjunto habitacional de três andares sem saguão e com escada externa, em que vivíamos. Chegamos antes da polícia, que fazia corpo mole para trabalhar quando se tratava de San Blas. Para eles, para qualquer autoridade, era apenas outro viciado morto, o filho de alguma diarista descadeirada de tanto esfregar escadas e que, provavelmente, fora roubada várias vezes por seu filho querido, em sua própria casa, para dar um pico.

A questão é que não me lembro do Efrén vivo. Apenas tenho a imagem que pude resgatar por entre as pernas de minha mãe e de minha vizinha Lola, com o único olho do qual dispunha, como se estivesse olhando por uma fechadura. As mães do meu bairro não abraçavam seus filhos mortos como as virgens *pietàs* renascentistas. Elas se inclinavam sobre os corpos aos gritos, descabeladas, com os olhos inchados e babando. Cobriam suas crianças como podiam, vestiam-nas como animais desesperados, chamavam seus nomes até perderem a voz na calçada, enfiavam as unhas em suas carnes, iam embora com elas de alguma maneira.

Esses "ai, meu filho!", se você os escutou alguma vez, não te abandonam nunca. Permanecem no arquivo sonoro da memória como badaladas fúnebres que te obrigam a chacoalhar a cabeça para exorcizá-las.

Efrén era lindíssimo, e seus traços suaves, de quem não chegou a ser homem, combinavam com o vazio. Uma overdose o levou ao lado frio. Fazia pouco tempo que injetava, e a heroína mal tinha começado a moldar suas feições, intervindo apenas na cor de sua pele da tonalidade das cinzas. Foi a primeira vez que quis beijar alguém. Seu corpo ficou estendido diante de um jardim raquítico que havia em frente a nossas casas, justamente sob um dos arcos de entrada, parcialmente coberto por flores meio secas e veias de hera que serviam apenas para revestir a estrutura tosca da grade de arame. Apesar disso, a morte escolheu para Efrén uma moldura vegetal com uma beleza suja *art nouveau*. Tinha a boca entreaberta e os lábios carnudos, ainda sem se retraírem, os cabelos bagunçados e as pálpebras no meio do caminho entre a vigília e o sonho. Se aos cinco anos alguém é capaz de se apaixonar, me derramei completamente por aquele pobre desgraçado. Minha vida interior se estendeu sobre aquele quadro de dor e miséria, me imaginando leve e translúcida em cima daquele corpo morto, beijando-o com a suavidade das coisas que não existem, não para despertá-lo de sua letargia, não para ser correspondida, eu só queria com toda a minha alma beijar algo tão lindo e indefeso. Algo que parecia caído do céu e deixado como oferenda na minha porta. Algo que, entre o ruído e a fúria de mães babando e pais que tapam a boca para não deixar o choro sair, entendi que me pertencia.

A bruxa do final
da rua

A Peruca era baixinha, magra como um cabideiro e estava enrugada de tal forma que, quando se movia, parecia interromper um processo inexorável de mumificação. Sempre foi velha. Maquiava-se como uma caricatura de mulher mais velha pintada, com sombra azul, lápis de olho preto, lábios vermelhos e uma base perfeitamente craquelada cor de casca de batata. Tinha cheiro de flores mortas abandonadas em um caixão e sempre estava resmungando em voz baixa alguma ladainha ininteligível, como uma oração secreta com certa dose de veneno. Esse veneno tinha a ver com sua forma de olhar, intratável e zombeteira. Sua seriedade não era dessas que julgam, mas daquelas que precedem a gargalhada, como se, a cada vez que visse alguém, lhe fosse revelado algum segredo vergonhoso sobre a pessoa à sua frente.

Vivia sozinha no final da rua, que era uma fileira de conjuntos habitacionais de três andares, de tijolos vermelhos e escadas externas de cimento. Essa paisagem arquitetônica, que se repetia pelo bairro inteiro, às vezes era interrompida por algum terreno baldio, cheio de vidros quebrados, restos de papel-alumínio, seringas e materiais de construção imprestáveis. Se pudéssemos olhar do alto essas falhas nas fileiras das casas, veríamos que davam à pavimentação um aspecto de gengiva doente, como se enormes dentes tivessem sido arrancados aqui e acolá, sem lógica nenhuma, e deixassem para trás apenas uma infecção incurável e um vazio grumoso. Com exceção do parque e das próprias casas, aqueles montes de lixo, aqueles nadas, havia o parquinho das crianças do bairro e o lugar em que morreriam quando tivessem idade suficiente para injetar. Nós, várias gerações de crianças da classe trabalhadora, crescemos assim, imaginando mundos inteiros nos mesmos nadas que podiam acabar sendo nossos leitos de morte.

Não havia jardins até a esquina da Peruca. Do andar térreo em que morava, se alguma vez tivesse levantado a persiana verde de corda que tapava sua janela noite e dia, viam-se duas lixeiras.

Nossos edifícios eram parte de um grande projeto franquista de construção de moradias dos anos cinquenta, batizado de El Gran San Blas, que antes se chamava Cerro de la Vaca,* nome que devia ter cheiro de suor e merda para as autoridades fascistas. Os cobradores que iam de porta em porta o chamavam de "bairro sem mães", porque era comum serem recebidos por crianças que deviam estar na escola; toda a máquina pública do regime não se dava conta de que as mais de trinta mil famílias que foram parar ali precisavam de colégios próximos para seus filhos, e levou anos para atenderem essa necessidade, assim como a de água ou de mercados em que pudessem se abastecer, que foram chegando com a lentidão e o desleixo das coisas que não importam para quem é responsável por elas. Os trabalhadores sempre foram vistos pelo franquismo como animais de carga para estabular na periferia. Esse abandono gerou uma consciência de classe no bairro, a qual as autoridades da transição democrática decidiram interromper, no fim dos anos setenta e durante toda a década de oitenta, com seringadas de heroína dadas quase de presente. A droga

---
* Colina da Vaca. [N.T.]

foi a última forma de execução sumária de dissidentes de um regime que encontrara a forma de se perpetuar.

No bairro, diziam quatro coisas da Peruca: que fora contrabandista ilegal nos antros da colina, que era uma bruxa mais do que competente, que a feitiçaria lhe deixara calva e que era melhor evitá-la ou tratá-la com extrema amabilidade, caso fosse preciso estar ao seu lado em alguma escada ou na fila da quitanda. Era difícil não olhar para a peruca sintética que lhe cobria a cabeça, encaracoladíssima e mal-ajeitada. Mas era vital não fazer isso ou não prestar atenção. Assim como se tornara seu nome, era o gatilho de sua má índole, e não convinha provocá-la.

Enlouquecia-me cruzar com ela e sentir bem fundo seu cheiro, era como respirar naftalina. Presumia-se que me dava medo, mas seu aspecto me enternecia, o traço irregular e trêmulo do lápis de olho e o batom malpassado me lembravam de minhas maquiagens clandestinas daquela época, que eu fazia apressadamente no banheiro de minha avó com a habilidade de uma criança de cinco anos não especialmente dotada para uma pincelada firme.

Meus primeiros passos como travesti foram os de uma transformista de um metro e vinte que imitava uma anciã bruxa e revendedora de velharias que tinha cheiro de funerária.

Tinham medo dela de verdade. Os homens do bairro, muito broncos, trabalhadores da indústria, da construção, garçons, vendedores ambulantes, catadores ou faz-tudo, baixavam os olhos diante de sua figura e lhe davam boa-tarde como os meninos cumprimentavam o pároco durante a ditadura. Era cômico vê-los com suas camisas meio desabotoadas, pontualmente a caminho do bar depois de uma jornada escrava de trabalho, cruzarem com ela e amedrontarem-se diante de uma mulher de aparência tão frágil.

Quase ninguém se lembrava de seu nome, e seu apelido, embora todo mundo conhecesse, era algo que não se pronunciava em sua presença, não apenas por ser cruel e mal-intencionado, mas sobretudo por medo de sua reação. Todo mundo acabava chamando ela de "senhora".

Em uma ocasião, duas mulheres que viviam na mesma rua que a Peruca, criadas no bairro, as duas grávidas, foram passear para acalmar os inchaços próprios de gestar durante um verão que estava sendo especialmente quente. Para uma delas, que desde criança tinha problemas circulatórios bem visíveis nas pernas, fazia bem sair para caminhar, lhe ajudava aliviar um pouco as boias púrpuras que se formavam nos tornozelos. Criaram o hábito de passear juntas de tarde, compartilhavam as novidades e a rotina da gravidez, seus medos, suas fantasias e alguma fofoca de última hora, o que nunca faltava em um bairro em que todo mundo se conhecia e havia um público grato pela língua comprida.

A de pernas arroxeadas sonhava com um filho toureiro que lhe comprasse um chalé, "como dizem na rádio que o Cordobês deu para a mãe dele", costumava argumentar. A outra, um pouco mais jovem, queria um filho bem lindo, "assim, loiro do olho claro", dizia.

Logo que começaram a andar, viram a Peruca se aproximar, vindo do final da rua, e, como ela ainda estava longe, apressaram-se a polir o arsenal de gozação e a afiar a língua, rindo do aspecto da velha.

— Tô rachando o bico – dizia a de pés inchados, sobre as barbaridades que soltava pela boca a mais jovem, cuja imaginação para a ofensa não deixava a desejar. Eram duas moças que tinham acabado de fazer vinte anos, exibindo toda a crueldade de que a juventude é capaz, que é muita. Os remorsos e a moderação chegam com a decrepitude, como o egoísmo, quando habitamos o reverso da vida e entendemos que não existe nenhuma feiura que não acabe nos alcançando.

Muito antes de chegarem a cruzar com ela, conseguiram controlar as risadas e calar as ferocidades. Quando já estavam quase ao seu lado, ambas começaram a sorrir dóceis, prestes a cumprimentá-la, como um gesto de gentileza com a vizinha idosa. Não deu tempo. A Peruca parou diante delas, dando um jeito para que parecesse não haver mais espaço na rua exceto por aquele ocupado por seu corpinho de arbusto morto. As moças tentaram dar boa-tarde, mas as palavras ficaram na boca como refluxo. Provavelmente colocaram uma mão inconsciente na barriga. Do olhar presente e ausente da anciã, intuía-se uma emanação que poderia apodrecer tudo em seu caminho, fossem flores, alegrias ou placentas. Devagar, a Peruca levantou a mão esquerda e levou o polegar ao buraco mole e pastoso que tinha no lugar da boca, chupou-o com gosto, movendo-o, emitindo sons de sucção e saboreando-o sem deixar de olhar para as duas mulheres, para as quais o tempo havia parado; elas eram puro medo de baixa frequência, mas paralisante, um enorme incômodo, estavam indefesas. Quando o dedo já estava bem gosmento de saliva, levou-o com calma à bochecha de uma das mulheres. Aquela que tinha ido mais longe na zombaria. Aquela que sonhava com um filho bem lindo, lindíssimo. Assim, loiro do olho claro.

Não conseguiu se esquivar do dedo nem teve tempo de reagir de outra forma. A velha traçou uma linha reta de saliva, da maçã do rosto jovem e bem cheio por causa da gravidez até quase o queixo, enquanto pronunciava, alto e bom som, com a voz seca de lagarto: "MACACO."

Mal cheguei a conhecer o menino Damián. Sua mãe e ele quase não saíam de casa e, quando o faziam, ela o levava completamente coberto e com a capota do carrinho de bebê estendida. Diziam que não podia caminhar e que tinha uma doença de pele que tornava letal a exposição ao sol. Não falava. Morreu de infarto aos seis anos, deitado no sofá de casa, assistindo à televisão. Quando foram recolher seu cadáver, a mãe colocou um lenço branco sobre o rostinho peludo do filho, para que o deixassem em paz no caminho para o necrotério.

Já minha mãe, com o passar do tempo, teve seus problemas circulatórios resolvidos e, em vez de um filho toureiro, pariu uma filha trans que nunca chegou a lhe comprar um chalé.

Sobre meu nome

Uma pessoa descobre que acabará sendo mulher através dos exemplos que tem por perto, da sede de referenciais, da necessidade de participar da herança que algumas mulheres deixam para outras e que é alheia aos homens.

Não valia a pena julgar a Peruca. Aquela mulher diminuta exalava poder por cada uma de suas costuras surradas. É óbvio que conversei com ela quando tive oportunidade. Não que ao falar com ela eu esperasse adquirir a capacidade de azarar nascimentos, ou outros poderes funestos. Ou talvez sim. Mas sabia que algo habitava os arredores de sua pele e a fazia ser rechaçada, e isso me deixava muito triste. Eu a imaginava se maquiando toda manhã com a lentidão de quem já não tem um sistema nervoso inteiramente seu, alguem que já tem uma parte de sua anatomia e de suas capacidades afetadas pela escuridão que virá. Ainda assim, não faltava ao seu encontro com a máscara, da mesma forma como eu não faltava, toda manhã, à construção da minha. A diferença é que a sua, em algum momento, deve ter sido de poder, de beleza; embora agora estivesse em ruínas, certamente a sombra do esplendor seguia ali se soubéssemos olhar, mas nunca soubemos. Minha máscara era feita para esconder-se atrás, feita de vergonha e medo, da qual não deveria precisar nessa idade, muito menos conhecer.

Por isso queria falar com ela, porque precisava receber de sua parte alguma herança, por menor que fosse, para seguir construindo a mulher que viria a ser.

Eu, menina esperta, bicha enrustida, gaga, corpulenta, com um tapa-olho cobrindo o olho esquerdo e usando uns óculos um tanto maiores que o desejável, era o contrário da imagem de uma criatura endiabrada, e não parecia abrigar a crueldade inocente que se espera das crianças. Quando os adultos me olhavam, ou achavam graça, ou sentiam pena, nada grave, lembravam-se de seus filhos atléticos e bem-apessoados, o que lhes tranquilizava; minha presença, exceto para os verdadeiramente perversos, era reconfortante. Eu percebi e aprendi a usar isso a meu favor. Podia, sim, pensar em termos cruéis. A consciência de que é preciso um armário no qual se esconder te prepara para o jogo da verdade e da mentira, do que deixar mostrar e do que não.

Fingi topar com ela por acaso, eu rabiscava os primeiros degraus de nossa escada com um pedaço de tijolo. Ela passava em frente à minha casa pelo menos umas quatro vezes por dia em seus misteriosos passeios, carregando bolsas de plástico bem cheias ninguém sabia do quê.

— Sei o nome de todas as vizinhas dessa rua.

Disse com o tom com o qual uma menininha imitaria uma menina menor que ela, porque você também aprende a ser uma filha da puta mesquinha quando se maquia às escondidas, dança músicas de Raffaella Carrà e de Bonnie Tyler em seu quarto e sabe que, por causa disso tudo, uma vida complicada te espera.

— Ah, é? – respondeu engasgada com a aridez de sua própria garganta, pouco acostumada a falar em voz alta, exceto para xingar.

— Sim. A senhora Lola, a senhora Paca, a senhora Luisa, a senhora Amparo, a senhora Mercedes, a senhora Pascuala...

Era assim que soava de cor em minha cabeça, mas o que de fato estava acontecendo é que travei no primeiro "senhora", os esses são verrugas na língua das gagas.

— Fala direito! – disse, sem se engasgar.

Bastaram duas palavras para aquecer aquela traqueia de esparto que tinha. Pronunciou com dureza, mas sem crueldade. Como dando uma ordem. E surtiu efeito. Cantei o alinhamento de senhoras da rua como uma ave-maria e fiquei tentada a continuar com o martirológio completo, se o soubesse, somente para eu me escutar falar assim, bem seguidinho.

— E eu, não vivo na mesma rua? – em vez de indignada, parecia estar se divertindo.

Nesse momento, eu, animada, fechava satisfeita a sutilíssima armadilha que havia montado para ela. Com a linguagem corporal de uma jovem corça ferida, uma dose de repulsa e uma isca simplíssima, tentei averiguar seu nome. Conhecer o nome de uma bruxa não é como descobrir o de um demônio, não é possível controlá-la através dele, nem a invocar, mas é possível tratá-la com mais proximidade, e estar perto de uma, por quem se tenha alguma confiança e possa chamá-la por seu nome, nunca é demais. Não convinha desperdiçar a ocasião de ganhar a confiança da Peruca, dirigindo-se a ela com propriedade.

Esperava um nome misterioso, como o de uma velha romana ou feiticeira de conto, um Grimelda, um Morgana, um Salustia, não sei, uma palavra de três sílabas com sons dentais e guturais, daquelas que rangem na boca.

— Meu nome é Maria.

Pelo menos tinha três sílabas.

— Meu nome é Aaaa... aaa...

As vocais abertas são válvulas fechadas na garganta das gagas. O efeito do encantamento em minha fala havia passado.

— Já sei como você se chama. Conheço sua mãe desde pequena. E seu pai desde que vendia sonhos recheados no parque em uma bandeja maior que ele. E seus avós. Nunca te falaram meu nome?

Isso sim perguntou com uma claridade de tom imaculado, não havia equívoco ali, estava movendo seu bispo dialético até a mesmíssima casa de meu rei discursivo. Foi ela quem armou a armadilha para mim. Tinha que inventar algo depressa ou dar alguma desculpa para não acabar fazendo xixi sobre a minha vergonha.

Porém, fosse pela razão que fosse, parece que naquela manhã, ao me levantar, escolhera a violência, e me surpreendi ao dizer uma verdade que nem os sujeitos mais sombrios do bairro teriam se atrevido a pronunciar em voz alta diante daquela mulher. Não deveria haver mentiras entre nós, então falei sem mais delongas:

— Peruca. Sempre chamam você de Peruca.

Se seu mau-olhado ia imediatamente estofar minhas tripas com hera, preferia me entregar demonstrando jogo de cintura e caráter.

Olhou-me com aquela quietude de tecido morto que a acompanhava. Presente e ausente ao mesmo tempo. Como a cabeça de um animal assassinado olharia da parede do caçador. Com o rancor e a paciência vítrea de quem espera paciente do outro lado do véu da vida e que, embora este plano se debilite, se fortalece no além e quase domina sua existência espectral.

— Peruca, então – disse lá daquela distância.

Se aquele não foi o começo da gargalhada mais lenta da história, me pareceu uma eternidade. Foi como ver a casca de um pinheiro especialmente áspero mudar de aspecto. Acabei rindo com ela. Contagiamo-nos uma à outra por um bom tempo e até houve quem parou por um instante para contemplar a imagem. Uma criança que há pouco deixara de ser um bebê, não muito bonitinha, e uma velha medonha curtindo algo que somente elas entendiam. Nesse momento, dona Maria não parecia tenebrosa, nem um pouquinho. Quando rimos com vontade, não temos idade, fazemos isso do mesmo jeito durante toda a nossa vida, e é possível adivinhar em nossa careta a menina que fomos ou a velha que seremos.

Nesse instante sem importância, bem poucas coisas nos separavam. Escolhê-la como referencial não era um erro, embora aquilo tenha ficado por isso mesmo e não voltaríamos a trocar uma palavra. Aprendi que as mulheres que vivem a seu modo, que envelhecem a seu modo e que levam a vida marcada na cara, bem visível, frequentemente são cobertas pelo manto da pena e da chacota, pois são temidas.

— Anda, vai para casa que já está tarde. E diz pros seus pais tirarem isso do seu olho.

— É que tenho olho vago e ele vai para o lado.

— É o olho esquerdo, e esse não erra nunca, se ele olha para um lugar diferente do outro, aproveita isso, está te dizendo para olhar alguma coisa.

Pensei em dizer que, na realidade, era uma malformação leve do nervo ocular que podia ser corrigida com facilidade. Adorava o jargão médico e era muito curiosa, então tinha memorizado detalhadamente o que acontecia com o meu olho para poder contar quando me dessem oportunidade. Como tudo. Decidi que não era o caso de sobrecarregar a dona Maria depois de termos rido juntas. Para chegar a ser uma grande dama, é preciso saber a hora de se retirar. Resumindo, ela acabava de poupar minha vida e teve a atenção de encantar minha língua para falar sem travar em várias frases. Então me limitei a dizer:

— Você tem um cheiro muito bom, dona Maria.
— Não é para tanto.

Soou como uma chicotada quando ela me deu as costas, seguindo sua peregrinação até o parque, como se aquele momento de cumplicidade não tivesse acontecido. Eu a vi desaparecer imediatamente, avançava depressa, apesar de ir carregando suas eternas e abarrotadas bolsas de plástico. Não levava migalhas de pão, eu não a imaginava alimentando os pássaros, mas enterrando suas carcaças rangentes ao pé dos choupos da avenida de Arcentales ou dos pinheiros do parque El Paraíso.

Barbazul vive no térreo à esquerda

— — TÉ, TÉ, TÉ, TÉ, TÉ, TÉ...

— Que manhã puxada para a Geminha, coitadinha. Está me deixando louca. Desde as quatro da manhã com esse tetetê. Seu pai levantou uma hora antes porque não tinha como continuar dormindo. Que aflição essa moça, que pena.

Minha mãe preparava o café na cozinha, na qual só ela cabia, também retirava fibras das vagens e descascava batatas. Eu a observava sentada em uma cadeira da copa, meus pés pendurados no ar.

Geminha, Gema, era a filha dos nossos vizinhos da frente, porta com porta. Cada andar do bloco tinha dois apartamentos, começando com o térreo, cujas entradas, as nossas, davam para a rua. As dos andares superiores eram voltadas para um patamar exterior. Só tinha visto a Gema através de uma janelinha minúscula que dava para a parte de trás do edifício, uma extensão de cimento cheia de lixo, ratos e seringas usadas, onde uns garotos do bairro jogavam futebol de vez em quando e que geralmente era ocupada por viciados. Jogavam futebol ali até pouco tempo atrás, e agora vão até lá para injetarem e viajarem sob efeito de heroína, flutuando naquela superfície imunda como nenúfares de piche. Aquela janela era a única de que Gema dispunha no quarto em que seu pai a trancava. Tinha mais de vinte e cinco anos e não vira nada do mundo além desse vão minúsculo que não oferecia vista nenhuma. Se o viu alguma vez, deixou de estar nele tão cedo que já não se lembrava mais, assim que seu pai, Aurélio, considerou que ela estava apta a satisfazer suas hediondas crueldades sexuais.

Foi simples assim. Um dia decidiu trancá-la e o mundo seguiu girando como se nada tivesse acontecido. Para mim, que lia contos, mitos e lendas compulsivamente, Gema, por sua solidão, sua cabeleira longa e vermelha, o silêncio ao seu redor e seu estado indefeso, era Lady Godiva. Desde que passei a compreender as coisas e a mim como garota que precisava aprender a viver em duas realidades porque tinha duas vidas, passei a situar as mulheres que me rodeavam em espaços fantasiosos nos quais nada podia tocá-las, nos quais podia me incluir imaginando histórias tecidas com fios de ouro; via Afrodites, Circes, Nimues e Elaines de Astolat na parada da linha 28, na estação Simancas do metrô ou na fila da charcutaria do senhor Lucas. Às vezes, quando minha mão alcançava, tocava o cabelo de algumas daquelas estranhas que se sentavam à minha frente e à de minha mãe no transporte público e enrolava no meu dedo indicador alguma mecha que escapava delas, como se fizesse um cacho; esse gesto lacônico me lembrava aqueles dos contos, como o das nereidas penteando umas às outras, e essas mulheres, quando notavam, achavam engraçado. Minha mãe vivia se desculpando por isso. Muitas noites, eu adormecia enrolando meu próprio cabelo, caso o caminho à vida de ninfa começasse ao encaracolar o cabelo no mundo dos sonhos.

Não me lembro de haver uma semana sequer em que aquela casa miserável não explodisse sob a ira de Aurélio pelo menos algumas vezes. Quando não se ouviam gritos e pancadas, nenhum ruído saía daquelas paredes. Nem televisão, nem rádio, nem conversa. Nada, exceto o "té" convulsivo de Lady Godiva.

O sujeito entrava e saía sem rotina fixa, ninguém sabia com o que trabalhava, mas imaginávamos sua ocupação na maracutaia da droga que estava acabando com os filhos e as filhas de seus vizinhos. Costumava iniciar suas agressões quando voltava de suas saídas para vaguear, qualquer desculpa parecia suficiente, algo fora do lugar, um olhar na hora errada ou um simples "já chegou?", perguntado inocentemente como cumprimento.

— Sim, já cheguei, já cheguei, não está vendo?

Respondia sempre assim, com outra pergunta e um surto de zombaria.

— Olha, não sei, você chegou mais cedo – dizia Luísa, sua mulher, tentando apaziguar algo do que vinha para cima dela.

— Mais cedo, mais cedo, mais cedo – interrompia o tirano, com uma voz mais fina, aquela que os homens fazem para imitar as mulheres quando querem desprezá-las, fazendo biquinhos, rindo delas.

Era preciso muito pouco. Aurélio era metódico e insistente em seu desempenho como agressor. Não era daqueles que explodem e sossegam logo. Sua brutalidade tinha uma disciplina envenenada e meticulosa. Provocava fazendo perguntas incômodas ou ambíguas, zombava quando tentavam respondê-lo, insistia, perguntava novamente e começava a desferir socos sem se apressar. Era possível escutar as paredes tremendo, o deslocamento dos móveis, passos lentos e até ordens pedindo à sua vítima, fosse sua mulher ou algum dos seus três filhos, que se colocasse de modo que fosse mais cômodo para bater. Era insuportável, e se alguma vez a violência extrema teve uma rotina cômoda foi naquela casa. Acontecia como as coisas mundanas acontecem, como se não parecesse que são perfeitamente evitáveis.

O filho da puta começou sua liturgia naquela manhã de café e vagens com batatas. Sempre que suas investidas me encontravam em casa, porque não era hora da escola ou qualquer outra circunstância, eu morria de medo e pedia que minha mãe aumentasse o volume do rádio ou que cantasse alto, coisa que fazia com frequência. A coitada costumava estar preparada para essa situação, sabia lê-la com antecedência; quando o rádio estava alto demais e não era o caso para tanto, ou mamãe cantava a plenos pulmões alguma música do Nicola Di Bari, Adamo ou Marifé de Triana, era porque o diabo estava dançando na porta da frente.

Eu me fechei no quarto que dividia com meu irmão, que felizmente não tinha janelas nem estava ao lado de outro apartamento. A vibração das paredes não podia ser ignorada, e pensei em Laura, a irmã mais nova da família, que era Joana d'Arc, por seu corte bob curtinho com franja reta e sua disposição para lutar contra o próprio inferno. Costumava ser quem aguentava a parte mais amarga dos horrores que o pai cometia. Tinha dezesseis anos e gritava desafio dos pés à cabeça. Seus olhos verdes e felinos de cigana, seu gesto sério, sua voz rouca e uma estética mais gótica do que punk, que a cada dia se mostrava mais extrema, sabendo que isso revirava o estômago de seu pai. Eu gostava muito dela. Laura pintava minhas unhas às escondidas e as limpava antes que qualquer pessoa visse, fazia isso tanto para mim quanto para outro menino viado do bairro – mais feio e tão precisado daqueles serviços quanto eu –, filho de um mecânico que meu pai conhecia desde a infância.

Sabia que a atitude de Laura tinha um custo alto diante de seu abusador, que lhe dedicava uma raiva especial, e não precisava ser adulto para entender isso, mas eu não conseguia evitar de frequentemente pedir a ela que se comportasse bem para ajudar a amainar a brutalidade. Ainda não havia aprendido que a violência machista acontece independentemente do que nós, mulheres, façamos ou deixemos de fazer.

A vizinhança inteira sabia o que Laura fazia, que largou os estudos assim que terminou o ensino fundamental. Dizia-se em voz baixa, ou com algum rodeio, como se isso atenuasse a realidade, que não era outra senão a de uma adolescente que ganhava a vida em zonas industriais, parques e ruas do centro, fodendo com sujeitos que buscavam uma fantasia infantil por um bom preço. Ela, por mais que estivesse quebrada, muito mais por causa da mão viscosa de seu pai do que pelas dos desgraçados que pagavam pelos serviços de uma menor, se tornou forte e nunca abaixava a cabeça. Tinha nojo da piedade com a qual o bairro a tratava onde quer que fosse, a pouca delicadeza que os vizinhos tinham ao tentar mostrar empatia. Não sabiam fazê-lo de outra forma, e isso, embora não diminuísse seu desprezo, também o compreendia. Em pouco tempo, deixei de vê-la. Assim que juntou dinheiro suficiente, escapou daquele térreo à esquerda e se transformou em um pensamento recorrente para mim, em uma oração de esperança, em um mito triunfante, em uma deusa do quem dera.

Quando as paredes pararam de tremer e o rádio voltou ao seu volume de murmúrio, saí do quarto. Minha mãe tinha botado mais batatas na panela, que cozinharam no tempo de uma surra. Esmagou-as com um garfo, colocou azeite, sal e um pouco de páprica, espalhou-as em um prato âmbar de cristal e colocou um pano de cozinha limpo em cima, para guardar o calor.

Eu sabia o que aconteceria agora porque era sempre igual.

— Já volto, estou na frente – dizia do mesmo modo toda vez.

Depois se escutava o movimento na escada como em uma missa, passos que, tão discretos, pareciam não querer importunar o chão.

O método sádico de Aurélio era perfeitamente previsível. Assim que a hora bruta terminava, saía para tomar um ar fresco, como se fosse um prêmio. Geralmente demorava para voltar. Nesse meio-tempo, as vizinhas, quase todas, se aproximavam da casa de Luísa com alguma coisa de comer, roupas doadas ou um café tropeiro bem quente. Foi o jeito que encontraram de mostrar proximidade. Pararam de chamar a polícia porque eles apenas faziam Aurélio sair de casa, conversavam com ele até que parecesse tranquilo e o devolviam com advertências ridículas e conselhos de catequista.

Não era raro que o escroto deixasse passar uns minutos depois que a polícia tinha ido embora para continuar com a tortura do mesmo ponto que havia sido interrompida. Os pratos, as marmitas ou os potes sempre chegavam com um "como você está?", pois que outra coisa se poderia dizer ou fazer quando não havia nenhuma estrutura de ajuda que oferecesse assistência para aquela mulher? Mamãe voltou com os olhos cheios de lágrimas que não derramou e sorriu para mim com a expressão carregada de pena.

— Vem, me ajuda a cortar as pontas das vagens. Olha só, com cuidado, hein? Segura bem a faca e faz assim... Isso. Muito bem. Agora faz isso com todas elas.

Guardei esses momentos como tesouros para sempre. Tinha medo de que meus pais deixassem de gostar de mim se soubessem que eu era diferente do que pensavam. Ouvir os adultos falando de pessoas diferentes deixava marcas que nunca se apagavam. Nós, meninas, estamos sempre escutando, e nunca se sabe o que se agita dentro de cada uma que pode ser danificado para sempre apenas com uma palavra. Também sabia que adoravam aquilo que viam de mim, então por isso nenhum deles jamais seria como Aurélio.

Eu me perguntava o que os homens faziam a respeito disso, pois, em meu mundo infantil, eram eles que deviam combater o monstro e manter a paz. Em outras circunstâncias, se enfrentavam sem hesitarem, a maioria em situações sem importância. Vi muitos de meus vizinhos saírem no tapa por causa de uma vaga de estacionamento, um mal-entendido absurdo ou um olhar torto. Coisas que serviam mais para discutir a hierarquia do que para estabelecer alguma justiça.

Meu pai frequentemente contava dos problemas dos trabalhadores, de permanecerem unidos na guerra necessária para conseguir que todo mundo tivesse o básico e fosse respeitado. Na madrugada da primeira greve geral de trabalhadores da democracia, contornando a compreensível oposição de minha mãe, nos fez levantar da cama para acompanhá-los, ele e seus companheiros de sindicato, enquanto selavam com silicone as portas das empresas da zona industrial do bairro. Depois, tomando as precauções lógicas, nos levou para fazer número no piquete, para que soubéssemos em primeira mão o que era aquilo. Meu irmão e eu éramos pequenos demais para entender tudo aquilo, para nós foi uma oportunidade de passar um tempo com nosso pai – que víamos pouco por causa de suas jornadas de trabalho sem fim –, além de brincar juntos com algo estranho e divertidíssimo. Quando amanheceu e alguns trabalhadores tentaram contornar o piquete, formou-se o pandemônio habitual de empurrões e insultos; meu pai garantiu que víssemos e escutássemos tudo o que estava acontecendo, que aquilo ficasse gravado em nossas mentes infantis, confiando que, com o tempo, saberíamos interpretar aquela raiva em toda sua complexidade. Não foi um bom final para nossa aventura, sentimos muito medo, mas, sim, foi útil. Em todo caso, meu pai fazia as coisas assim, sua forma de demonstrar amor era nunca mentir para nós, adiantando nossa maturidade, mostrando um respeito a nosso discernimento que não se costumava reservar às infâncias. A primeira coisa que entendi foi que um fura-greve, essa palavra que escutava frequentemente e me intrigava muitíssimo, é alguém que abandona seus pares e os trai para seu próprio proveito, ou, pior ainda, para manter uma posição de miséria mais ou menos segura. Talvez não fosse possível haver fura-greves no ambiente doméstico, ou trair as mulheres não era o mesmo que mostrar-se um desgraçado diante dos companheiros, que era então outra palavra sagrada. A questão é que os homens do edifício não achavam pertinente intervir em uma situação como a do tirano do térreo à esquerda.

O que faziam era dar um gelo em Aurélio, isso sim, ninguém se prestava a conversar com ele nem o incluíam na cerveja de domingo. No entanto, os homens do bloco tiravam o corpo fora, argumentando que não gostavam que ninguém se metesse em suas casas e que os problemas de um casamento devem ser resolvidos entre o casal. Chamar um abuso monstruoso de problema era um exercício de cinismo considerável, jamais utilizaram linguagem semelhante para os conflitos trabalhistas. Era estranho. Todos sabiam que era um miserável. Diziam que era um criminoso. Tinham nojo dele, mas pareciam ter formado, em torno de qualquer homem, um piquete que não podia ser atravessado.

Flutuando sobre escombros

Saul, o filho do meio de Aurélio e Luísa, se vestia como Tino Casal, falava do jeito que imaginava que Gigi Cicerone, o amigo de Momo, falaria, e se movia como Pete Burns. Gostava muito de vê-lo entrar e sair de sua casa e caminhar até a entrada do metrô até desaparecer na esquina com seu gingado alegre. Era lindíssimo, tinha os mesmos olhos verdes e maliciosos que sua irmã Laura. As marcas das porradas que seu pai lhe dera eram perfeitamente visíveis em sua cara e as cicatrizes continuavam aumentando, mas, apesar disso, estava decidido a seguir com sua vida e desaparecer logo dali. Assim acabaria acontecendo.

Às vezes queria ser como ele. Fascinante, singular e feminino. Era chamado de viado, riam dele e o ameaçavam diariamente. Não tinha sossego no bairro, então quase não aparecia lá, exceto para dormir, e, assim que fosse maior de idade, nem isso. Dava um jeito de caminhar por cima do entulho que tomara por vida, sem que seu esforço pudesse ser notado. Ele era Oberon: por seus olhos de duende terrível, pelo brilho de suas vestes, por seu cabelo longo e penteado, por seu sorriso ambíguo e pelos lábios pintados de cores maravilhosas. Ganhara um espaço em meu *legendarium* de mulheres de contos, deusas, damas e outras lindas criaturas.

Exceto pela fantasmagórica irmã mais velha, que nunca teve oportunidades, Saul e Laura foram forjados no fogo de outro mundo. Eu tinha medo de quase tudo e me via incapaz de viver livre e alegre, sendo eu mesma, sem temer perder o amor, o apoio e a segurança que minha família me dava. Eles, com sua incomensurável desgraça, faziam um caldeirão de fúria que lhes animava a não parar. Intuía que as coisas eram mais complicadas e acreditava ver rachaduras na couraça daquelas criaturas que estavam começando a viver e o fizeram da pior das maneiras, mas sua fortaleza me maravilhava. Nunca deixei de pensar neles. Ainda penso.

Saul saiu sem fazer barulho. Bagunçou meu cabelo com doçura, sem deixar de caminhar, numa tarde na qual eu olhava em silêncio o mundo nas escadas exteriores do bloco. Acho que essa foi a última vez que o vi. Não me lembro de vê-lo carregando malas nem levando mochila, nada. Supus que o rei das fadas não precisava de bagagem para onde quer que fosse.

Rajadas brilhantes

Estava quase caindo no sono, vagava na penumbra da consciência, mais próxima da escuridão do que da vigília. Repousava sobre uma folha imensa, talvez uma folha de grama gigantesca que se curvava em forma de meio cilindro e me servia de rede. Estava nua e molhada sob a luz da lua. Não tinha atributos, meu corpo era uma fosforescência com a consistência do plasma, das coisas meio feitas, ainda não era carne, mas já tinha as qualidades do peso e do tato. Eu me movia e não me movia, minha mente adentrava no sonho e sua capacidade de gerar imagens se desacelerava. Logo encontraria um modo de voltar a fluir quando caísse no sono. Nesse momento, a imaginação e o que entendemos por inconsciente, esse fluxo maravilhoso de pensamento desordenado, faziam o possível para sustentar as visões. O som, que era o da própria noite, uma mescla de grilos, vento e estrelas girando, se amortecia e quase se desvanecia, ou se transformava em outra coisa, algo cristalino, algo prateado, algo que anunciava um final.

Bem antes que escutasse o grito, senti um arrepio e abri os olhos, arregalados. Voltei à realidade como se deixa cair um fardo ou um corpo morto de um veículo em movimento. Uma gota de suor atravessou minha testa de um lado ao outro e não chegou a tocar o travesseiro, porque congelou junto com o resto de mim. Outro grito. E outro mais curto. Muitos seguidos e sincopados. A voz de Aurélio era como um uivo, sem traço algum de autocontrole sádico, nem da calma do açougueiro, soava como um filhote de porco, como um cão rouco, como o medo. Pulei da cama muito assustada, mas decidida a saber o que estava acontecendo. Meu irmão, que sempre foi bem ágil, quase havia chegado à salinha de nossa casa, saltando do beliche de cima. Meus pais saíram de seu quarto com a mesma prontidão. Meu pai tivera tempo de colocar uma calça de moletom e minha mãe ainda estava amarrando seu roupão enquanto se dava conta.

— Vão para a cama, vocês dois, e fechem a porta! Jimena, chame a polícia! – disse meu pai em tom de palmada. Sem dar possibilidade de nenhuma réplica.

Não tivemos tempo de reclamar, porque outro grito horroroso afogou nossa voz. Meu pai abriu a porta de casa, que dava diretamente para a rua, sem saguão, e saiu para a madrugada. Escutavam-se outras portas se abrirem e passos fortes nas escadas, notava-se que eram passos de homem, como se uma debandada de animais pesados se jogasse da altura de um precipício. Os gritos não paravam, se lhes restava alguma qualidade humana, ela ia se perdendo a cada repetição, achei que ia desmaiar de pânico. Não tínhamos voltado para o quarto, desobedecendo ao meu pai, estávamos paralisados na sala. Meu irmão se colocara diante de mim, protegendo-me, como sempre fazia. Minha mãe falava com a polícia toda trêmula, desta vez eles não demorariam tanto para chegar, provavelmente era possível escutar os lamentos desesperados de Aurélio do outro lado da linha telefônica e por toda a rua.

O que aconteceu depois foi um vaivém desordenado de pessoas e vozes. Uma ambulância chegou, talvez duas. Havia tantas luzes piscando diante de nossa casa que a noite fora substituída por um tremeluzir histérico de rajadas brilhantes. As paredes se iluminavam:

azuis, brancas, vermelhas. Queria saber o que estava acontecendo, mas não era capaz de me mover. As vozes dos presentes misturavam-se com as que surgiam dos rádios dos carros de polícia e das ambulâncias. Meu pai entrava e saía, nos olhava, mas não nos via; minha mãe, que havia saído um par de vezes, levava as mãos ao rosto e repetia "pelo amor de Deus". Já meu irmão se atreveu a dar um par de passos adiante, o suficiente para colocar-se diante da porta, que, no caos, ficara aberta, eu o segui e dei uma olhada por cima de seu ombro. Lady Godiva estava sentada no chão de sua casa, que estava perfeitamente visível, porque sua porta e a nossa estavam escancaradas e alinhadas. Os paramédicos a atendiam, falavam com ela, mas não respondia, sorria olhando para lugares que somente ela parecia ter acesso e dizia em voz alta, mas não gritando, "té, té, té, té...". Se não fosse pelo sangue que jorrava ainda quente de sua boca, manchando seu queixo, o pescoço e o peitilho da camisola, era terno vê-la sorrir. Era a primeira vez que a via fazer isso.

Aurélio estava no chão. Um enxame de paramédicos e policiais estava em cima dele, como abutres engolindo a última carniça do deserto. Quando terminaram a assistência imediata de que precisava, levantaram a maca e o levaram; os maqueiros precisavam fazer uma curva para evitar a escada central do edifício, uma curva que por um instante colocou a maca de Aurélio bem diante de nós. Estava com a cabeça virada de lado e podíamos ver seu rosto. Continuava se queixando, mas em voz baixa, os analgésicos que lhe deram deviam estar fazendo efeito. Estava tão perto de nós que, se seus olhos não tivessem se esvaziado, com certeza teria olhado de volta.

Voltamos para o quarto enquanto levavam Gema, que seguia com sua ladainha do "té" e inclusive diria que ia cantando a caminho da ambulância. Lady Godiva trocara de pele e se transmutara em harpia.

As garotas

Sentia cheiro de ensopado de grão-de-bico com arroz e o enxofre da cebola cortada ainda ardia. A válvula da panela de pressão girava depressa e deixava escapar lufadas curtas de vapor que embaçavam as janelas da cozinha. Restavam apenas marcas visíveis do que fora cozido, talvez uma faca com restos de alho e salsinha na pia. Minha mãe se movia depressa, seu desempenho nunca se pareceu com o das mães literárias, que manipulam os alimentos com paciência de tecelã e usam aventais de flores. Ela fazia tudo com a prontidão de quem ganhou a vida limpando e cozinhando como diarista desde que tinha idade suficiente para andar de ônibus.

Não era descuidada nem distraída. De fato, fazia uma comida maravilhosa com bem pouca coisa. Simplesmente desenvolvera seu ofício e uma obsessão por fazer o trabalho render, tanto fora quanto dentro de casa, pois não a abandonaria nunca. Usava shorts e uma camiseta velha com o logo de uma empresa. Algo que podia manchar e botar para lavar quantas vezes fosse necessário. Era ágil e esperta como uma potra. Tinha cabelo curto e com luzes. Seu rosto era bonito e anguloso, de olhos grandes, nublados e puxados, nariz importante, com um osso que se curvava até a metade do septo, mas que não a deixava feia. Sua boca foi minha melhor herança, proporcional e de lábios que não chegavam a ser proeminentes, mas aos quais não faltava voluptuosidade. Ainda não tinha quarenta anos, mas a pele do seu rosto aparentava apenas trinta. Era difícil acreditar que uma mulher conservasse um aspecto assim tão bom, quando tudo o que conhecera desde os doze anos eram jornadas desumanas de trabalho e alimentação ruim. O caruncho da vida de trabalhadora se manifestaria alguns anos depois em seus ossos, mas manteria para sempre uma pele impecável e um halo de impermeabilidade à velhice.

Minha mãe sempre tinha cheiro de colônia de bebê e hidratante. Apesar de fumar como se um filho seu estivesse na prisão, sempre parecia ter acabado de sair do banho. Como as santas que desafiam o apodrecimento, exalando cheiro de flor depois de mortas.

Era muito carinhosa e parecia não sentir rancor de mim por tê-la obrigado a parir um grande pão dormido de cinco quilos e meio e sessenta centímetros de altura. Nós nos adorávamos, e isso sempre seria nossa perdição. Desde bem pequena, entendi que minha mãe dispensava um amor que pretendia manter em um presente perfeito, no qual permanecêssemos incorruptas ou no qual desempenhássemos ao pé da letra o que imaginara para nós mesmas. Para ela, todo desvio em nossa trajetória parecia sempre uma derrota ou uma culpa que deixava marcas indeléveis em seu coração. Desde que fui capaz de estruturar pensamentos, quis contar que eu não era inteiramente eu. Que estava confusa e que estava sofrendo, que aquilo de dançar músicas de Irene Cara ou a obsessão pela Madonna sempre foram sinalizações luminosas na escuridão e importavam mais do que sua aparente frivolidade. Eram os rompantes de liberdade que lançava para o céu, esperando, assustada e esperançosa, que alguém soubesse decifrá-los. As palavras nunca chegavam a sair, e não tinha ferramentas para administrar algo tão complicado, que eu mesma me esforçava para enterrar na vala comum das vergonhas. Levava em consideração frases que pareciam muito categóricas para mim, e que havia escutado por toda minha breve vida. Como se de cara minha mãe tivesse percebido em mim alguma luzinha que lhe desagradou e por isso traçara um plano sutilíssimo para aquietá-la. O medo que passamos no armário fabrica monstros a partir de sombras chinesas. Que nem toda vez que dizia coisas inoportunas, como estar contentíssima por ter dois filhos, "ainda que Arturo estivesse louco para ter filhas, eu prefiro assim, porque os filhos são príncipes".

Ou sua insistência em nos chamar de "machões" com muitíssimo orgulho quando tinha oportunidade, como se essa nomeação fosse uma promessa que a levava para o futuro, além de uma recompensa que nos concedia depois que terminávamos de comer ou quando concluíamos alguma tarefa. Eram pequenas afirmações que iam se acumulando e que pareciam descrever outra criança que não eu. Não havia maldade nelas, mas minha natureza sensível e atenta as recebia como avisos da vergonha que significava negá-las. Não era um *machão*, nem *príncipe* nem nada disso, e pouco a pouco me vi tentando sê-lo para não parecer, aos olhos de minha mãe, alguém tão fraco e decepcionante, que se encontrava no lugar oposto ao dos machões. Justo onde eu queria estar.

Minha mãe se movia depressa ajeitando a casa. O outono estava quase chegando e o tempo era muito agradável. Uma dessas manhãs de sábado de setembro, nas quais ainda perduram as energias das férias do verão que termina, como se houvesse uma permissão para, por um pouquinho mais, não dar atenção às obrigações. Segundo o entendimento de mamãe, isso não se aplicava às tarefas domésticas. Para ela, a casa se tornara parte de suas entranhas e não tinha como não passar um dia sem limpá-la de cima a baixo. Uma infância de obrigações excessivas a programou para não decepcionar a si mesma, sob pena de sofrer a ira do santoral das mães rígidas que nunca acreditam que esfregaram o suficiente.

Éramos uma família barulhenta que vivia em uma vizinhança barulhenta. A paz e o sossego eram para as regiões residenciais. Naquela manhã, do outro lado das janelas, escutava-se a eterna radial dos bairros de operários, nos quais sempre era preciso reconstruir algo, porque estava caindo aos pedaços. O vendedor de bilhetes da loteria ficava na esquina entre dois bares, cantando os números das cartelas com vozeirão de legionário. Quando desandava tomando vinho barato, o canalha costumava sair cantando "Cara al sol"* a plenos pulmões, embora não costumasse chegar ao *"rojo ayer"* do segundo verso sem que algum vizinho o mandasse calar a boca e o lembrasse que só não quebravam a cara dele porque era cego.

Com o tempo, o bairro se transformara em uma região de bares e pequenos comércios, de forma que o som dos vidros quebrando e dos barris de cerveja rodando não cessava. Sempre havia entregadores de um lado para o outro, cheios de carga, como mulas. Em casa, o rádio tocava bem alto, nesse ano colocaram Rick Astley, Whitney, Radio Futura, e o U2 reinava. De vez em quando minha mãe trocava de estação e aparecia por aí uma Isabel Pantoja, uma Rocío Jurado, uns Panchos, como o Varona ou o Céspedes, ou um Camilo Sesto. Nunca agradecerei o suficiente por ter nascido em uma família com gostos musicais tão variados. Aos nove anos, encantava "Marinero de luces", "Little Wing", "Like a Virgin", ou algum bolerinho suave, com a mesma desenvoltura.

Naquela manhã, duas das irmãs de minha mãe a acompanhavam enquanto estava na lida. Uma mais ve-

---
* Hino da Falange Espanhola das Juntas de Ofensiva Nacional Sindicalista, partido de extrema direita que se integrou à ditadura fascista de Francisco Franco. [N.T.]

lha que minha mãe, a outra, mais jovem. A semelhança entre as três era evidente, mas a bênção do colágeno não as ungira igualmente, nessa partilha minha mãe levara a melhor parte. Falavam por cima da música, o que requeria um esforço importante que elas encaravam com facilidade. Eram superlativas por natureza, falavam alto, nervosas e exageradas. Eram muito lindas. Adorava olhar para elas e memorizar seus gestos, sua forma de estarem quietas, o modo como tocavam em seu próprio cabelo, suas risadas descomplicadas e como manuseavam os objetos. Absorvia a energia que acreditava perceber quando as mulheres estavam reunidas, sem homens. Ficava sonhando com essa energia, ela me arrepiava e dava uma sensação de paz que não encontrava em nenhum outro lugar. O tempo com os homens da família me dava frio por dentro e me mantinha em tensão. Os homens não se faziam homens, se instruíam na masculinidade e, mesmo entre os melhores, coitado daquele que falhasse na sua prática. Junto às mulheres de minha família ou de meu bloco, também com as colegas da escola, o tempo se dilatava como se estivesse banhado em água quente. Não podia ser uma delas, não podia tocar nessa vida, mas podia valorizar o que me ensinavam sem que pretendessem, era como tirar os mitos mais delicados e poderosos das páginas dos livros e fazê-los andar para contemplá-los, o caminho da ninfa, da bruxa, da dama de branco ou da harpia continuava longe, mas algo adaptado a mim me permitia tecer aquela atenção clandestina que lhes dedicava. Um traje de feminilidade feito às escondidas e à minha medida.

Eu me aproximava dos sabás domésticos das mulheres da minha família, mas mantinha a distância exata para que não parecesse óbvia e quebrasse a atmosfera com minha presença ambígua. Nem sempre conseguia, frequentemente me chamavam a atenção e costumavam deixar nítido, em voz alta e com um leve aborrecimento, que eu sempre estava com os adultos, especialmente com as mulheres. Não gostavam que eu quisesse saber das fofocas, o que me servia muito bem de desculpa e não me dava o trabalho de discutir. O banheiro seguia sendo meu reino privado. Ali, improvisava maquiagens velozes, cada vez mais precisas, e colocava em movimento o que aprendia observando as mulheres de minha vida. A tristeza era cada vez mais profunda. Com nove malditos anos, a disforia, que nem sabia que se chamava assim, já ocupava tanto espaço mental e tanto desgosto físico que quase não deixava lugar para nada mais. Nos estudos, me dava muito bem, era quase brilhante; mas, em todo o resto, um desastre. Imaginava mais do que vivia, mas não tinha dotes artísticos que me tirassem desse castigo, nada me permitia desabafar, não sabia pintar minha desgraça nem me ocorria escrever sobre ela, para não deixar provas. Então, eu a dançava ou me desdobrava e fantasiava com cenários de libertação. Principalmente, escapava através da literatura, do cinema e da música. Era uma espectadora de tudo o que me rodeava, mas não podia tocar nada.

Sobrevivia em público imitando versões cada vez mais antiquadas da masculinidade que tinha como exemplo, o que era ambicioso demais. Também precisava ensaiar diante do espelho, que acabava sendo testemunha de todas as minhas mentiras, de minha dor e de meus lampejos de beleza. Diante dele, aprendia a me olhar sem me ver. A ser um robô.

— Meu filho, que é que você está fazendo aí dentro, cagando suas tripas todas?! Ai, essa sua mania de se trancar assim, um dia vai acontecer alguma coisa contigo e vou ter que arrombar a porta.

A linguagem direta, específica, com metáforas contundentes e sem pudor, sempre foi uma das características que nos definia e que segue nos definindo como família. Havia merda suficiente no bairro, no trabalho e na vida para não a chamar por seu nome. Por outro lado, a aversão que minha mãe tinha pelas fechaduras, ainda mais se quem estivesse do outro lado fôssemos nós, seus filhos, era exagerada. Reagia com tanta veemência quando topava com a porta trancada que não era possível saber se estava muito assustada, muito irritada ou as duas coisas. Isso não combinava bem com uma infância no armário. Por trás dessa porta, costumava acontecer algo importante. Fosse um parêntese de libertação ou uma sessão de castigo, era importante de toda forma. No mundo das portas abertas, não havia espaço para o rebolado nem para o choro, só para os machões.

Anos de prática clandestina me ensinaram a controlar o breve infarto que me causava estar fazendo alguma bichice às escondidas e baterem na porta do banheiro. A princípio, desde bem pequena, quando o simples fato de passar um batom me deixava sem ar, eu sentia as batidas na porta como se o próprio diabo estivesse batendo os nós dos dedos contra a madeira, reivindicando minha pobre alma de princesinha travesti. Com o tempo, tornei-me capaz de responder, impostando a voz, para soar como um garotão metido em urgências corporais, enquanto posava como Kelly LeBrock na frente do espelho.

— Eu e as tias vamos lá nas garotas, você vai ficar ou vem?

"As garotas", que, como todo comércio de bairro, tinha outro nome que ninguém lembra porque foi rebatizado pelas vizinhas segundo lhes convinha, era uma loja de roupa bem popular na região, um local enorme que se dividia em dois espaços: o dos uniformes e o da roupa esportiva obrigatória nos colégios próximos, e o das infinitas araras e dos manequins com roupa de mulher.

Uma parte fundamental da estratégia de construção do meu armário consistia em aparentar apatia diante de coisas que estava louca para fazer, mas que, se as fizesse com entusiasmo, revelaria uma natureza não muito masculina. A primeira coisa que uma menina trans aprende quando o entorno é hostil à sua causa, antes mesmo de saber o que é, quando tudo é apenas intuição, é a controlar sua vontade, ou a fingi-la até que ela mesma quase não saiba quando está certa e quando não. A construção do binarismo era feroz nesse início de década. A pompa andrógina dos anos oitenta fora apenas uma miragem para ativar nossos desejos e tornar nossos anseios mais dolorosos por estarem tão presentes e tão distantes. Para mim, pequena travesti incógnita em um bairro de operários, que não tinha ideia alguma de quem ia acabar sendo, contemplar Boy George em toda sua alegre feminilidade, ou Prince de meia arrastão, era como ver vaga-lumes em uma caverna escura e úmida. Um instante de esperança tão breve que quase não se pode dizer que existiu.

Na região mais ousada da loja das garotas, havia roupa inspirada na Movida Madrileña, que era uma coisa que acontecia na televisão, como nos programas *Anillos de oro* ou *Dallas*... Um mundo ficcional que não era o nosso. Um carnaval alheio ao humano, que sobrevoava uma realidade, que, para mim, ficava bem no final da linha 7 do metrô. Na tela, diziam que Madri era uma cidade em que os rapazes maquiados dançavam até o amanhecer; em San Blas, o fragmento de Madri que me dizia respeito, os adultos discutiam com toda normalidade se era pior ter um filho viciado ou bicha. Também falavam da aids para lá e para cá, continuamente, transitando entre o nojo, a crueldade, a vergonha e a pena em cada conversa, profetizando sentenças de morte e pesar para quem estivesse padecendo. Escutava tudo isso com atenção, com gula, como se uma força invisível me obrigasse a comer um pão velho e mofado sem mastigar. Incorporava tudo à vala de minhas interioridades e me convencia de que era melhor deixar as coisas como estavam e guardar minhas possíveis confissões para quando o mundo, ou eu, fôssemos diferentes.

Era óbvio que queria ir à loja das garotas! Era hipnótico espiar por esse mundo de cores, espelhos e lábios cheios de batom. Nesse espaço, minha mãe, minhas tias, as mulheres do bairro, por um momento deixavam de carregar suas casas, suas famílias e seus trabalhos, deixavam de estar exaustas e relaxavam completamente. Provavam blusas, saias e casacos de lã, ouviam os conselhos das vendedoras, que eram espertíssimas, carinhosas e sabiam muito de moda.

As mulheres se olhavam no espelho com cuidado, posando, reclamando de seus corpos e recebendo uma dose perfeita de validação por parte das profissionais. Sempre o mesmo jogo que acabava com uma saia da liquidação na bolsa ou uma camiseta com um pouquinho de renda que não teriam muitas oportunidades para usar, mas que era animador ter na gaveta, se fosse o caso.

Como não querer fazer parte daquele mundo alegre e maravilhoso? Como não querer se fundir com essa paisagem? Era como encher os pulmões de ar limpo. Esquecia toda a escuridão que ia crescendo dentro de mim. Ao entrar ali, as mulheres revelavam uma natureza comovente e, ao provarem roupas com estampas explosivas, caimentos leves e voos de fantasia, se transformavam em maravilhosos e enormes animais estranhos, de pelagens iridescentes, que levantavam brisas de perfume e cheiro de maquiagem com seus movimentos, e tudo se impregnava de uma sororidade graciosa que abria meu pequeno coração travesti.

Carinha de pedra

Margarida nunca entrava na loja das garotas. Ninguém a proibiu, mas conhecia os limites invisíveis do mundo que lhe era permitido habitar. Era a mulher mais alta do bairro. De fato, era a mulher mais alta que tinha visto na vida. Seu penteado estava sempre perfeito, embora fosse tingido e ela mesma cortasse seu cabelo. Não lhe faltava maquiagem e um halo de perfume a rodeava, anunciando sua chegada e deixando uma lembrança de sua passagem. Isso contrastava com seu empenho de estar de bata em todos os lugares. Óbvio que ela estava sempre limpa, mas era de se esperar que uma mulher que se arrumava tanto se vestisse com o mesmo apuro. A seu modo, ela cuidava do que usava e ninguém nunca viu uma mancha nessa única bata rosa, nem na sua pantufa, finalizada com uma faixa de pelo rosa sobre o dorso do pé e com um salto discreto.

Eu era obcecada pela forma como as mulheres se vestiam. Quase todas as revistas de celebridades publicadas na Espanha entravam lá em casa. Adotei alguma das devoções de minha mãe e venerava Carolina de Mônaco, que era quase tão perfeita como a Grace foi, quase. Comecei a associar nomes de estilistas às suas roupas e aprendi a reconhecer suas silhuetas e para quais corpos elas serviam. Sonhava estar vestida com um Manuel Piña, emprestando a aparência de alguma mulher de revista, impactante, volumosa, extraordinária, feminina e definida. Passava o dia imaginando, mas não era capaz de projetar minha própria imagem no futuro, como se o que eu fosse, quem fosse, estivesse condenado a uma infância perpétua, brincando de esconde-esconde da existência.

Margarida foi o primeiro contato que tive com essa projeção de futuro e, por isso, a odiava.

Tinha o rosto deformado por umas protuberâncias, que tomavam quase completamente suas maçãs do rosto e bochechas, como vesículas de pele que pareciam cheias de líquido endurecido, irregulares à visão e supunha que também ao tato. Como se alguém tivesse colocado pedras embaixo de sua pele. Esses caroços comprometiam seu olhar, diminuindo-o, obrigando-a a inclinar a cabeça para a frente para focalizar, adotando uma posição e um ângulo que tampouco a favoreciam muito.

Ela me incomodava como um fantasma dos futuros Natais. Meu pensamento continuava evitando aceitar que me definisse em contornos precisos. Mas isso não era algo contra o qual pudesse lutar, apenas podia esconder até que um dia tudo irrompesse. Minha vida e minha educação sentimental amadureciam através de uma intimidade tristíssima na qual continuava fazendo coisas às escondidas. Crescia tendo que parecer algo que não era, que a cada vez me parecia pior, que a cada dia doía mais, e com a certeza de que meu mundo, o que se afastava de mim de forma inexorável, era o das mulheres. Conforme me aproximava da puberdade e resistia a encarar a realidade, os contornos de meu padecimento se amalgamavam em um quarteto macabro de despersonalização, negação, fuga e mentira, que se sustentavam no tempo como uma nota grave que estava me enlouquecendo, como um acuofênio capaz de articular palavras de desprezo dentro dos meus ouvidos.

Margarida era uma pontada de realidade batendo à porta. Uma confirmação do que não queria ver nem saber. Eu podia me negar três vezes por dia, mas estava sedenta de referenciais e, quando eu aparecia no jardim das travestis ou das transexuais famosas, acabava que quase todas eram da mesma natureza, todas pareciam criaturas de outro mundo, peroladas, imensas e fascinantes. Sylvester, Bibi, Amanda Lear, Tula Cossey, Cris Miró. Não me atrevia a pensar que essa era a vida que queria que fosse minha, ainda que sentisse uma euforia, como um calorzinho no peito, só de olhar para elas. Não podia desejar isso. Tudo o que havia escutado sobre ser como elas continha palavras que se pareciam com as que se usava para falar de alguém que está doente. Também palavras de aflição ou de vergonha. Às vezes de admiração, mas não como se admira algo maravilhoso, era mais como o aplauso dado a uma peça de teatro ou a uma mascarada qualquer. Algo que é vistoso apenas como espetáculo, mas que não tem beleza por si mesmo sem o artifício para o qual está pensado. Nas piores vezes, quando vinham acompanhadas por um par de cubas-libres, ou qualquer coisa que se usava nas comédias ou programas familiares de televisão, eram as palavras de chacota, piadas que me davam vontade de vomitar. Eu tentava encontrar em algum lugar uma linguagem de orgulho e de força para poder me explicar de uma vez por todas, mas não conseguia, por mais que buscasse. Desde criança, não me dava medo pensar em ser assim, nem fantasiar sobre isso, mas me aterrava a reação dos demais vendo como se expressavam sobre algo que era tão belo. O desprezo em suas palavras, a repugnância que parecia lhes causar. Foram essas conversas alheias, as que achavam que eu não estava escutando, que me convenceram de que era um ser torto que devia se esconder.

Nos dias que tentava superar o medo e me definir, ainda que fosse em voz baixa, diante do espelho do banheiro, meu cúmplice, tinha às mãos apenas as palavras que escutara. Por mais que fosse muito hábil no seu uso, não encontrava a combinação necessária para me definir com a justiça que merecia, e acabava desenhando os contornos de um erro que caminha e respira.

Não sabia de onde tinham saído Margarida e seus caroços, mas com certeza não era do mesmo lugar do qual vinham as deusas das revistas e videoclipes que tinham conquistado a feminilidade com tanta energia, não tinha como. Era impossível. A pele de Bibi era suave, o rosto de Amanda era retangular e perfeito, Sylvester brilhava como se fosse feita de cristal, e Tula e Cris eram tão bonitas de olhar que chegava a doer. Nenhuma delas se livrava dos comentários ofensivos. Eram mulheres incontestáveis, havia tanto medo delas por serem tão atraentes, que em seguida diziam em voz alta e nítida que "eram homens". Como se ao fazer isso se exorcizasse o demônio do desejo de quem falava. Usavam mulheres como Margarida nas piadas que me deixavam sem ar, eram caricaturas, imitavam-nas forçando uma voz grossa, e eu sofria com sua presença por servirem de pretexto para que o mundo inteiro nos humilhasse sem remorsos. Não reparava que o mesmo acontecia com todas, mulheres que haviam conquistado com unhas e dentes a pouca ou muita liberdade que tinham e isso as tornava tão aterradoras. O exemplo que supunham ser. Eu não tinha consciência de nada disso e não tinha a menor ideia do que era a autêntica beleza. Por isso, pedia ao Deus de minha mãe, se me escutava, que não permitisse que o meu destino fosse o de Margarida. Solicitava a qualquer força, por mais sacrílega que fosse, que me livrasse do mal das mulheres grotescas.

As mulheres sozinhas

Margarida era sempre amabilíssima quando cruzávamos com ela. Se estivesse com meus pais, costumava parar para conversar com eles e me olhar com doçura, como se estivesse lendo em minha expressão as definições que nem eu mesma era capaz de me dar. Essa conexão entre nós, que era óbvia, me adoecia. Pensar na possibilidade de haver uma chaminha flutuando sobre minha cabeça, como a que tinha visto na cabeça dos apóstolos na Bíblia ilustrada, mas que só fosse perceptível para bichas, sapatões, putas e travestis, era o que faltava para eu ficar paranoica. Além de minha graça natural, que era a de uma peça média de presunto cozido, acabava que uma língua de fogo violeta apontava para mim pelo baixo astral, me chamando de travestida.

Margarida se dedicava de corpo e alma à sua mãe, que era idosa e dependia completamente dela. Se orgulhava de mantê-la sempre limpa, "mais limpa que um bebezinho mimado", dizia sempre. De ter "comida pronta na hora certa" e que nunca ficava sem acompanhamento médico ou remédio. Podíamos vê-las passeando pelo bairro, a mãe agarrada ao braço da filha, a realizar tarefas breves, as que as pernas capengas da mãe podiam aguentar, o que era bem pouco.

Logo soube que Margarida era trans, claro, meu pai me explicou com palavras amáveis, mas bruscas, sem pretender machucar ou ofender, coisa que me reconfortou em algum canto sensível do coração e que soube apreciar só mais tarde. Meu pai era assim. Sempre nos dizia a verdade, sem muitos rodeios, e considerava que tínhamos direito às respostas para nossas perguntas. Para um homem nascido nos anos do silêncio, não tinha preconceitos e tinha uma cabeça bem aberta, ainda que à sua maneira, limitada pelo entorno, pela época e por sua própria educação. Menos bronco do que se esperaria de um homem em suas circunstâncias.

A condição trans de Margarida não era algo de que se falasse muito no bairro, ainda que todo mundo soubesse. Demonstravam algum respeito cara a cara, mas depois, pelas costas, as línguas eram bem mais descaradas e miseráveis. Não existia a denominação "trans", no melhor dos casos falava-se em transexuais e, no pior, usavam-se palavras de desprezo que sobreviveriam à virada do século.

Por mais que lhe reservassem alguma tolerância, não significava que pudesse escapar das misérias da consideração. Sempre tentava comprar cigarro na mesma tabacaria, gerenciada por dois irmãos gêmeos que tinham um jeito imbecil e um aspecto de doente. Tinham herdado o negócio do pai, delator do regime, que, além do estabelecimento, lhes deixara olhos salientes e a cor esverdeada da pele. Margarida entrava, pedia sua marca preferida, e sempre lhe diziam que não havia mais, ainda que tivessem uma torre de maços perfeitamente visível por trás do biombo. Tomavam cuidado de fazer isso quando não havia mais ninguém a quem negar seu comportamento, afetadíssimos, cruzando as mãos sobre o peito, como santa Gemma Galgani. Porque coisas assim o bairro inteiro acabava sabendo e perguntava. De vez em quando Margarida enfrentava mesquinharias como aquela. Não recebia a violência a partir da brutalidade, como faziam com as bichas, sapatões e transexuais jovens, talvez por sua idade ou por pressuporem que tinha uma fúria escondida em algum lugar, como se temessem uma esfinge ou uma quimera. Em seu caso, tratavam-na com a frieza do subterrâneo.

 Não era submetida ao escárnio constante, mas nunca foi como qualquer outra. Exigiam dela um comportamento exemplar, não podia dar problemas, o que era uma coisa de interpretação bem livre. Ia à missa todo domingo, mas não ficava para aquele momentinho depois na porta, era uma das fronteiras invisíveis que estavam mais que óbvias para ela. Seu prêmio eram os "como a Margarida é discreta, não é mesmo?" ou "a verdade é que ela toca a vida dela e não incomoda ninguém", como se ser uma mulher trans por si só já causasse incômodo e tivesse que diminuir essa inconveniência, com ações como manter-se calada, ser mais amável que os demais e não reagir aos gestos desagradáveis. Eu percebia, e meus pulmões se enchiam um pouco menos cada vez que notava isso. Eu percebia quão pequeno era seu mundo e como se esforçavam para que ele minguasse lentamente. As paredes de minha pele, meu corpo inteiro, já me pareciam um limite asfixiante, um escafandro que me mantinha isolada no fundo de um mar morto, era aterrador pensar em acabar sendo como ela e imaginar meus pulmões diminuindo, minha pele encolhendo e meu coração apertado até o instante antes de estourar, e que ficasse assim para sempre.

A exigência de ser exemplar, para a Margarida, tinha a ver com submissão.

Sem dúvida, Margarida era exemplar.

Tinha o "meu bem" na boca para todo mundo e se oferecia para ajudar com as sacolas de compra sempre que tinha oportunidade, segurando a porta, ou recebendo incumbências de quem quer que fosse e que fazia com gosto se não precisasse desviar do seu caminho. A mesma coisa quando comprava um ou dois quilos de tangerina para que outra vizinha não precisasse descer. Os rapazes viciados em heroína a chamavam de "mãezinha", ela comprava pão, linguiça barata e biscoito orelha de macaco com chocolate, com o que eles passavam o dia. Não dava dinheiro para eles porque não tinha de sobra e porque sabia cuidar deles, nenhum jamais considerou roubá-la. Encontrava neles uma camaradagem que não existia com o resto da vizinhança; e, fosse por interesse ou por carinho real, a verdade é que a tratavam com respeito e nunca foram ameaçadores com ela. Mesmo que a abstinência estivesse comendo-os vivos e não fossem capazes nem de controlarem seus esfíncteres, nunca exigiam nada dela, eventualmente imploravam algo.

As mulheres bem mais velhas, da idade de sua mãe, eram menos severas em suas exigências e lhe concediam algo parecido a um lugar. A maioria delas tinha vivido a guerra civil como adultas e mães. Eram menos preconceituosas ou o eram de outro modo. Importavam-se com sua abnegação, a delicadeza com a qual exercia o lugar de filha, o que lhes parecia garantia de ser mulher na comunidade, de que podiam contar com ela. Todo dia aplicava a injeção de insulina na senhora Reme, sua vizinha de frente, viúva de um torneiro mecânico e com dois filhos mortos, um caído do quarto andar da obra em que trabalhava e o outro afogado em heroína. Também fazia uma limpeza com álcool de alecrim, ou com vinagre quando não tinha alecrim, para a Mamerta, a Cascuda, outra vizinha que quase não conseguia se mexer por ter desenvolvido uma artrose que deformava suas pernas e mãos. Passou a ser chamada assim depois que deixou um assediador falangista inconsciente com uma cabeçada, uns meses depois do fim da guerra, ganhou o apelido em seu antigo bairro, o Comillas. Pelo visto, fora uma mulher indomável, os namorados que teve não aguentaram seu orgulho. Diziam que por toda a vida tinha se obstinado em desempenhar trabalhos que exigiam fisicamente, "próprios de homens", acrescentavam, porque ganhava mais e porque dava conta. Foi assim até que o corpo lhe dissesse basta e acabou quase enclausurada em casa, dependendo da ajuda oferecida pelas vizinhas. Margarida era bem-vinda nos átrios das mulheres sozinhas. Aquelas que não podiam se permitir o luxo de recusar uma mão desinteressada. Com os pequenos serviços que Margarida lhes oferecia, teceram uma rede entre suas solidões que aliviava seus dias; sabiam como estava a glicose de uma, as pernas da outra e a pressão alta daquela mais longe. No verão, saíam para sentar do lado de fora de casa. Margarida ajudava aquelas que não conseguiam sair das cadeiras por si mesmas, trazia sua mãe e ficava com o grupinho, mas de pé, intervindo pouco, apoiada na parede do edifício com seu pacotinho de sementes de girassol, seu cigarro e a vida e o pensamento em outro lugar.

Não podia deixar de olhar para ela. Era minha atração do abismo, e o abismo vestia bata e usava batom. Analisava tudo o que fazia e parecia ter desenvolvido um sexto sentido para detectar quando saía de casa. Frequentemente, nos encontrávamos no meu caminho de retorno do colégio, que ela fazia no sentido contrário para fazer uma limpeza onde precisassem. Sorria para mim. Eu desviava o rosto ou abaixava o olhar, mas depois me virava para vê-la caminhar e se afastar. Às vezes, ela virava para trás de repente e me surpreendia em pleno escrutínio. Sorria de novo e seguia sua vida.

Era a portadora de todos os meus medos, ao mesmo tempo que atenuava meu fardo com sua presença, como se compartilhássemos uma bolha de ar limitado que ninguém mais podia respirar, e ela deixasse a melhor parte para mim, até que eu aprendesse a segurar a respiração. Essa sua capacidade me confortava e me aterrava, me fazia sentir exposta.

Margarida ganhava a vida como faxineira, antes tinha sido puta, isso meu pai também me contou sem dar muita importância para o assunto, convivíamos com mulheres que se dedicavam a isso. No terceiro, duas vizinhas nossas, a senhora Agustina e Merceditas, mãe e filha, não somente viviam na residência, mas a transformaram em sede de seu pequeno negócio de serviços sexuais. Era um apartamento pequenininho, de tamanho e distribuição exatamente igual ao nosso, em que revezavam o uso do quarto menor para trabalhar. Enquanto uma labutava, a outra limpava, o cheiro de desinfetante de pinho sempre passava através de sua porta, que, como estava no andar mais alto do bloco, derramava o aroma por toda a escada. Tinham um papagaio que dizia "puto, putooo!" a cada vez que algum homem entrava ou saía dali. O tráfego de clientes era discreto, mas constante, tinha até quem nos cumprimentasse, caso topássemos nos primeiros degraus, onde nós, as crianças do edifício, costumávamos brincar e passar o tempo, e esse gesto custava uma bronca monumental para esses sujeitos.

A condição imprescindível para ter acesso ao serviço prestado por aquelas mulheres encantadoras era deixar em paz a molecada e não lhes dirigir a palavra. Sempre soube o que eram e o que as putas faziam, e nunca achei que fossem mulheres diferentes das demais.

Quando o tempo se tornou um peso para sua mãe e ela não teve como suportá-lo sem ajuda, Margarida deixou esse trabalho e voltou para casa, para cuidar dela. De todo modo, os lugares da rua Orense que costumava frequentar, onde tinha seu celeiro de clientes mais importante, entraram em decadência no final dos anos oitenta; sua própria idade tornava difícil ganhar o pão nos parques, como fazia quando começou, eram horas demais de pé para um corpo que não tinha mais fôlego. Tentava imaginá-la jovem e, embora fosse difícil esquecer sua aparência atual, por seu tamanho e linguagem corporal de enorme ave pernuda, ela devia ser impressionante. Na realidade, continuava sendo. Embora fosse cada vez mais difícil para mim, preferia vê-la distante e feia, para não danificar minhas fantasias de transformação feérica. Um dia, deixaria de habitar as profundezas, a asfixia e o medo, e floresceria como uma fada perfeita, dona do ar. Margarida, com sua condição mundana e suas cicatrizes, com suas fronteiras invisíveis, representava a negação disso tudo. Era a versão travesti de descobrir que os Reis Magos não existem. Eu negava que fôssemos criaturas do mesmo bosque, embora não fizesse outra coisa que não fosse observá-la, escondida por trás de cada curva de nosso bairro de piche e tijolos, como um duende apaixonado.

— Margarida veio na fábrica pedir emprego – contou meu pai para minha mãe durante uma refeição.

Escutei seu nome, levantei a cabeça e arregalei os olhos. Tudo que se referia a ela monopolizava minha atenção. Meu interesse desmedido não devia passar despercebido a meus pais, mas nunca deixavam isso explícito, eventualmente cheguei a perceber algum olhar confuso entre eles, que nunca me dei o trabalho de decifrar.

— E o que você disse para ela? Porque você já tem uma faxineira.

Minha mãe sabia que Margarida procurava emprego onde quer que fosse e não deixava de tentar. Aceitava tudo. A amargura delas era parecida e de alguma forma fazia com que se preocupasse com ela. Apelava ao seu companheirismo. Reconhecia em si mesma essa necessidade e esse estímulo.

— E vou falar o que para ela, Jimena? Mandei que falasse com Remédios, que é quem decide sobre essas coisas. Mas não vão despedir a Nieves, que já está há três ou quatro anos conosco e estamos satisfeitos com ela. Tiveram uma conversa rápida e foram para o galpão ao lado, o de madeira, perguntar lá.

— E ela tá procurando que tipo de trabalho? – perguntei.

— Limpando, filho, o que é que ela vai procurar, ora?

Minha mãe respondeu como se a pergunta se referisse a ela mesma, reagiu com a autoestima danificada das faxineiras cujo trabalho nunca fora reconhecido.

— E você pare de comer tanto croquete porque engorda muito. Vou te dar fruta – acrescentou com a mesma indignação dissimulada com a que acabava de falar da infrutífera procura de trabalho de Margarida.

Em qualquer conversa familiar, sempre era o caso de incluir um comentário em que me lembrassem do quanto comia.

Isso costumava me envergonhar muitíssimo, mas estava tão interessada no que contavam sobre Margarida que deixei isso passar como se nem tivesse escutado. Larguei o croquete que estava prestes a comer e dei para o meu irmão, que o aceitou com um gesto de cumplicidade e engoliu com uma mordida, para resolver o incômodo o quanto antes.

— E o pessoal do galpão, eles falaram o quê? Porque o Patxi é um unha de fome daqueles – perguntou minha mãe.

— Eu vou lá saber? Não fui atrás dela. Mas deve ter dito que não, qualquer dia esse aí taca fogo em tudo, com a mãe dentro, antes de mandar limpar o galpão, tem serragem lá de um tempão atrás.

— Ela vai conseguir alguma coisa, a verdade é que ela é corajosa que só, Margarida trabalha como uma mula.

Minha mãe disse com certo orgulho, sem querer continuava se agremiando com Margarida durante a conversa, e falou como sempre falava de sua própria capacidade para trabalhar, deixando claro que nada poderia pará-la. "Se for preciso faxinar de joelhos, faxino, se for preciso esfregar como uma filha da puta, esfrego, mas a gente tem que fazer as coisas bem-feitas." Escutei isso em uma conversa tempos atrás e nunca esqueci. Poderia ser seu epitáfio.

— E por que não volta a ser puta?

Ainda não compreendia as exigências de um trabalho como esse, mas perguntei sabendo perfeitamente o que estava dizendo. Ser puta me parecia uma opção honrosa e ela, já tendo sido, devia saber o que se fazia.

— Mas olha lá, o que isso importa para você? Guarda isso contigo, o que você precisa fazer é escutar e ficar quieto. Você se mete onde não é chamado, filho. Estamos conversando sua mãe e eu. Além disso, a Margarida já não tem mais idade nem saúde para aguentar ficar de pé dia e noite na rua, e menos ainda quando chegar o frio.

Ainda que meu pai me repreendesse pelo que considerava um excesso de curiosidade sobre um tema que era complicado, nunca deixava uma dúvida no ar e sempre acrescentava uma conclusão que acabava respondendo minhas perguntas. Então, guardando o assunto para mim mesma, pensei, enquanto mastigava uma fatia de melão, que dava na mesma esperar na rua com frio e passar esse tempo esfregando saguões e galpões industriais, que eram lugares gélidos no inverno e era preciso limpá-los na madrugada, antes que começassem a ser usados. Eu sabia disso porque limpar era a profissão de minha mãe e porque frequentemente visitava meu pai no trampo, que estava situado em um local industrial enorme e com isolamento precário, no qual precisava trabalhar de agasalho no inverno e com água gelada e orações no verão.

O mesmo bosque

De uma hora para outra, deixei de ver a Margarida com tanta frequência. Saía menos de casa e, quando o fazia, parecia estar sempre com pressa. Já não nos encontrávamos nos caminhos, nem a via perambular pela zona industrial, em sua incessante peregrinação na busca de outro bico para juntar o suficiente que lhe permitisse ter comida quente. O rabo de cavalo que costumava fazer se desfolhava mais que o costume e mechas bem finas de cabelo caíam para os lados de sua cabeça. Pela primeira vez seu cabelo estava mais cinza do que loiro, e seus lábios, mais pálidos que suas bochechas. Dava os bons-dias e as boas-tardes, isso sim, e fazia uma compra maior que o costume, acumulava para evitar sair tantas vezes. E assim se passavam os dias e alguma estação inteira sem que soubéssemos muito sobre ela.

Eu sentia saudades. Todo dia, voltando da aula, esperava que aparecesse dobrando alguma esquina com seus passos de ema. Mas ela não aparecia e me fazia sentir inexplicavelmente sozinha. Eu rezava em voz baixa às mesmas forças para as quais tinha pedido que ela não aparecesse, mas agora queria que a devolvessem, mesmo que fosse só umas vezes por semana. Talvez um breve encontro na banca de jornal em que nós duas nos abastecíamos de revistas toda semana, eu a mando de minha mãe e ela porque também as colecionava.

Tinha vergonha de perguntar em casa. Meu interesse pela Margarida podia me obrigar a dar algumas explicações ou voltaria a receber a pecha de fofoqueira, o que já começava a me cansar. Por mais observadora e esperta que me considerasse, não sabia ler o bairro. A vida toda me senti alheia àquelas pessoas, escondendo-me delas por trás de uma mentira elaboradíssima na forma de menino simpático, gordinho e sabichão, havia me privado do direito de entendê-las. Se algum rumor ou algum sussurro a respeito do que acontecia com Margarida percorria as ruas de San Blas, eu não o escutava. Todas nós, meninas trans, crescemos um pouco sozinhas.

Em uma manhã de fim de inverno, uma dessas em que o primeiro sol brilha sobre a geada e a luz resultante enche tudo de sinetas, o zumbido que meus pais produziam me acordou bem cedo, falando em voz baixa no quarto ao lado. Conhecia perfeitamente esse tom, era o de estarem comentando algo que está acontecendo na rua, o tom de cortina aberta fora de hora. No bairro, não faltavam cenas de todo tipo que podiam ser vistas de dentro de casa, tinha as violentas, as divertidas, as tristes e absurdas, de todo tipo. Levantei-me da cama e me debrucei na janela. Um furgão marrom estava estacionado na calçada, bem em frente à casa da Margarida. Depois de um tempo em que nem o ar se mexia, apareceram uns dois homens conduzindo uma maca bem branca. Um corpo completamente coberto estava em cima dela, um corpo pequeno para o qual sobrava superfície de acomodação por todas as partes, um corpo de medidas quase infantis. Atrás, Margarida ia descomposta, em procissão, mas não com a agitação que estava acostumada a ver ao redor da morte, se mantinha ereta, sem fazer trejeitos, caminhava devagar e se conformava em tocar o final da maca com os dedos, onde deveriam estar os pés de sua mãe, dona Ana.

— Mas, por favor, por que não me deixam botar uma roupa nela? Não ia demorar nada. – Se um coração partido pudesse falar, soaria exatamente como Margarida pronunciando aquela súplica. Éramos muitas olhando pela janela ou na rua e mantínhamos um silêncio de lago congelado.

— Olha, senhor Jiménez, já te explicamos. Temos que levar ela assim. Fale com o juiz se quiser, mas os legistas precisam ver ela.

Esse "senhor" pronunciado com a sordidez de escrevente miserável que não tem onde cair morto, mas que tem uma identificação oficial, me fez sentir ânsia de vômito. Estava descobrindo quem era através de chicotadas desse tipo, de frases que iam fundo dentro de mim e não as esquecia jamais. Antes de você mesma se definir, os demais desenhavam seus contornos com seus preconceitos e suas violências. Apertei os punhos até minhas unhas marcarem minhas palmas, tentei engolir as lágrimas, mas calar o choro é uma incapacidade que conservarei pela vida toda.

Margarida nem se alterou, estava com a expressão toda desmoronada, como se a gravidade a puxasse com mais força do que outras pessoas e ela suportasse tudo isso com sua carinha cheia de caroços. Um "senhor" a mais, para alguém que conhecera as delegacias franquistas, a lei de periculosidade social* e as prisões masculinas, era apenas um arranhão em um couro endurecido.

— E se lhe entregar uma bolsa com a roupa dobradinha, que não ocupa espaço nenhum, vocês podem levar e alguém botar a roupa nela depois de terem visto o que precisam?

Nunca uma pergunta foi pronunciada com tanta ternura. Margarida precisava lavar e vestir sua mãe uma última vez, penteá-la, passar creme em suas mãozinhas nodosas; precisava se despedir cuidando dela, executando sua rotina de todo dia com lentidão, sabendo que não voltaria a fazê-la. Durante anos, fez isso com um amor e uma dedicação irrepreensíveis. Para sua mãe e para si mesma. Um último cuidado era uma forma de se despedir de uma parte de sua própria vida. Um ritual em que encerraria a intimidade compartilhada para poder começar a pensar em recuperar a individual, depois do devido luto.

— Isso cabe ao pessoal do seguro, senhor Jiménez.

— Por favor, não me chame de senhor. É que a gente não tem seguro.

---

* Lei 16/1970 da ditadura franquista, que gerou um encarceramento em massa das populações dissidentes e marginalizadas. [N.T.]

— Pois agiram mal, senhor, essas coisas acontecem, e daí vem a choradeira.

O descaramento do sujeito, cuja única função era realizar o honroso trabalho de retirar cadáveres de suas casas ou das vias públicas com o máximo respeito, ou até em silêncio, era um tapa na cara da Margarida diante de todo mundo. Foi a primeira vez que vi com total claridade essa humilhação específica, de rejeitar o nome, de expor a nudez de outra pessoa como piada, de aniquilar qualquer conquista ou história pessoal, por mais dolorosa que fosse, apenas pelo prazer de exercer poder. Nesse momento, se confirmou um "nós" tão poderoso que parecia estar ali desde sempre. Todos os meus fantasmas, todos os meus medos pousaram suas mãos frias em meus ombros, em meu pescoço, em minhas tripas, em minha virilha, em meus olhos, e as apertaram ao mesmo tempo. Senti medo pela Margarida e senti medo por mim. Se pertencíamos ao mesmo bosque, nós compartilhávamos uma cumplicidade que era terrível e preciosa; a Margarida é que era bonita, e eu estivera cega e fora devorada pelos devaneios do medo infantil da vida. Por um instante me lembrei da Maria, a Peruca, e os sulcos de sua pele, o modo como essa cara marcada colocava limites e se fazia respeitar, ainda que fosse através do pavor ou da zombaria distante, bem distante. Diante de um funcionário filho da puta, o rosto em demolição de Margarida, quebrado pela dor, exibindo seus inchaços mais marcados do que nunca pela cara de choro contínuo, esse que tira do peito, me parecia a imagem da dignidade, da força, a de uma mulher que atravessou o Tártaro e não precisou de ninguém que a resgatasse, porque dominou o inferno. Entendi que essas pequenas corcovas de silicone mal aplicado que brotavam da sua cara eram os restos do que a busca pela beleza lhe deixara, que em seu tempo ela a desejou como eu a desejo, com a mesma sede e o mesmo desespero. Ser como ela não era uma maldição, era um dom. Ter aquelas dobras de tecido cicatricial tão visíveis significava ter aspirado a tocar o sublime. Quis beijar cada irregularidade de sua cara com ternura, como uma noviça beijaria a superiora no dia de sua ordenação.

— Chssssssssssssssss, ei, você, fulano, você está exagerando, né? Quem você acha que é para falar assim com a senhora?

Sebastião era um homem imponente, endurecido pelo trabalho e acostumado a desafiar autoridades desde que pôs o pé neste mundo. Era vendedor de frutas, embora nunca dissesse não para uma oportunidade de trabalho pontual como pedreiro, encanador, carpinteiro ou pintor. Era uma dessas pessoas que sabiam fazer de tudo. Vestia roupa preta, no inverno e no verão, e sempre usava a camisa com as mangas arregaçadas até a metade dos antebraços, não tinha como subir mais devido ao volume de sua musculatura. Sua barba, preta, espessa e pontuda, me lembrava as ilustrações de meus livros de mitologia. Sebastião era Ájax. Enorme, fortíssimo, ardiloso e dono de uma fúria que escolhia mostrar bem poucas vezes, mas que era terrível.

— Oi?

O funcionário respondeu assim, mas podia ter dito qualquer outra coisa, pois tinha escutado perfeitamente e fez a pergunta para ganhar tempo. Todo mundo percebeu que sua voz tremia. Era incrível como os homens violentos se assustavam rápido. Tratou de empurrar a maca para dentro do compartimento de carga, fechou tudo logo e dirigiu-se rapidamente para a frente do furgão.

— Por que você fala assim com a senhora diante do corpo da mãe dela? Não te ensinaram respeito em casa? Ou eu é que vou ter que te ensinar, hein?

— Escuta aqui, me deixa em paz, tenho que trabalhar.

Dava para notar na sua voz. O tom de capitãozinho que exibira até então se rebaixara à última merda do quartel diante do bairro inteiro.

— Você sacaneou a gente, inclusive a mim. Mas não é disso que se trata. Antes de ir embora, você tem que pedir perdão para a senhora Margarida.

Sebastião falava com muita firmeza, mas com a tranquilidade de quem sabe que domina a situação. Não ia deixar nem um resquício de humilhação, ele a conhecia em primeira mão, no modo como lhe roubavam a fruta com a qual ganhava a vida, no desprezo com o qual cuspiam em seus filhos quando os levava para o colégio, nas vezes que verificavam as notas que sua mulher usava para pagar nas lojas. Sebastião estava com as mandíbulas cerradas sobre a coluna vertebral daquele janota e não ia soltar.

— Quer que eu chame a polícia? Tenho um rádio no furgão e chegam log...

— Volta aqui e pede perdão para a senhora, juro que não vou repetir!

Todo mundo conhecia a voz forte que Sebastião fazia para vender suas mercadorias no bairro. Não era essa. Essa tínhamos escutado bem poucas vezes. Talvez em discussões com a polícia, ou quando alguém que o contratasse não cumpria com o acordado, aproveitando-se do fato que um cigano não tinha chance diante de um juiz. Era uma voz que convinha obedecer. Das que apagavam as brasas da violência em qualquer interlocutor.

— Deixa, Sebastião, meu bem.

Margarida tentou mediar porque era da sua natureza acalmar os ânimos. Teria feito isso em sua própria execução.

— Não deixo, Margarida. E sinto muito, sua mãe era uma mulher boa, lamento a sua perda. Mas ninguém sai daqui até que esse fulano te peça perdão.

O homenzinho, que tinha começado a suar e não fazia nada além de passar um lenço pela cabeça sem cabelo, titubeou uns segundos e desfez seu caminho até colocar-se diante de Margarida, falando com ela sem olhar em seus olhos.

— Perdão, senhora, eu apenas li o que estava na identidade. Não queria te ofender.

Mais por medo do que por vergonha, mas se desculpou.

O companheiro dele, que era o que conduzia, ocupou seu lugar diante do volante, e ele voltou ao furgão cheio de pressa, agarrando uma pasta preta que segurava como se fosse a última tábua do naufrágio que acabava de acontecer.

— Um momento! – alguém gritou de uma casa.

Todas as cabeças viraram para olhar quem chiava com tanta urgência. Por via das dúvidas, Sebastião botou a mão na maçaneta da porta do carro fúnebre, para que não tivessem a tentação de fechá-la e fossem embora sem permissão. Assunção, uma vizinha que quis ser cantora de rumba, mas que acabou sendo lotérica, a que todo mundo conhecia como "a Coxa" porque não recebeu a vacina contra a pólio, golpeava o chão com sua muleta em um ritmo razoável e bufava; além de ir correndo, apertava uma bolsa de plástico com o braço livre que lhe restava, como se fosse uma bandeja, uma coisa que, com sua desvantagem física, era toda uma proeza.

— Ai, Assun, ai! – Margarida pegou a bolsa com muito cuidado e a aproximou do rosto para cobrir seu choro, que brotava dos seus olhos de novo.

— Abram atrás, por favor! – gritou Margarida, agora sim com desespero.

Nesse momento, Sebastião botou a mão no volante.

— Por favor, escute a senhora e abra a parte de trás – pediu com a amabilidade de um pai rígido.

Os funcionários avaliaram, trocando olhares entre eles, que o melhor era ceder e não piorar as coisas. O condutor foi quem saiu do furgão e abriu a porta de carga.

Margarida tirou da bolsa de plástico um vestido preto perfeitamente dobrado, com rendas na gola, e o depositou sobre a maca.

— Fala para botarem esse vestido em você quando terminarem, mamãe, e lembra que precisa botar os braços devagar ou as alças se desfazem, não tive tempo de consertá-las, me perdoa.

Depois aproximou sua cabeça do lençol branco, onde deviam estar os pés que não deixara de tocar, e a beijou três ou quatro vezes. Ao terminar a despedida, o carro fúnebre deu partida assim e foi embora de lá. As vizinhas se aproximaram para dar os pêsames à Margarida e foram se dispersando uma a uma até que a rua ficou quase vazia.

Ainda faltava um tempo até que o bairro retomasse as atividades. Era a hora do café recém-feito na cozinha, da rádio dando notícias e do último silêncio da manhã antes que tudo comece a se mover.

Jay

Nós nos conhecemos no pior dos cenários possíveis. Um dojo de artes marciais ao qual erámos obrigados a ir e que não era nada além de uma espécie de raquítico rito de passagem masculino, de pouca aplicação na vida real. Se uma das razões para praticar aquela coisa chatíssima do caratê era adquirir habilidades marciais para defender-se com propriedade de uma possível agressão se fosse o caso, ou, falando abertamente, aprender a sentar a mão no próximo, a coisa não era muito efetiva. Viver em um bairro exigente do ponto de vista da segurança pessoal, também chamado de conflituoso, te ensinava desde criança que qualquer rapaz débil e nervoso, acostumado a sempre puxar briga, era capaz de fazer um estrago na cara dos mais experientes lutadores de caratê, *tae kwon do* ou *kung fu*. Eu não me importava nada com aquilo. Nunca fui capaz de participar da épica do mestre e do aprendiz, nem do *ki*, nem de toda essa dialética filosófica que servia de fachada para dinâmicas e hierarquias horrorosas dentro do dojo. Essa pretensiosa imitação do Exército me entediava e me enojava. Passava as aulas, que me pareciam eternas, pensando em qualquer outra coisa. Quando não tinha outra solução exceto prestar atenção, porque era preciso lutar, procurava causar todo o dano que pudesse de primeira, sem respeitar as regras, para que me desqualificassem e me retirassem da atividade como castigo. Mesma coisa para o companheirismo. Não restava nada da criança lerdona que fora na infância. Eu me ressentia pelo caratê e pelo controle ferrenho da comida, mas ninguém sabia a coordenação e a condição atlética que se desenvolve aprendendo as coreografias da Madonna.

Todas.

Dançava em meu quarto sempre que tinha oportunidade. Com raiva, como se lutasse com o ar e ao mesmo tempo tão feminina quanto podia, que era muito. Quase tudo que fazia na vida era a partir da ira e da angústia. Meu corpo estava mudando e começava a me provocar uma real repugnância. Em meses me fortalecia, minha voz mudou tão depressa que nem reparei, faziam com que eu percebesse isso quando atendia o telefone e costumava ter que reprimir o soluço de choro para continuar falando com naturalidade, até começava a desenvolver uma penugem facial que seria meu pior inimigo mais adiante. O desgosto que experimentava diante de meu corpo se transformara desde a infância; se antes tinha a ver com me sentir distante de algo intocável, lindo e etéreo, como se estivesse acorrentada a uma realidade terrena que não pode evitar que a Lua se afaste para sempre, agora se relacionava com a deformidade e com o protuberante. Via a mim mesma como um recipiente de pele morta da qual brotavam saliências, como se tivesse ossos soltos em meu interior que se atravessavam de forma aleatória, criando tensões e protuberâncias. Usava roupas enormes para dissimular o que eu entendia como um corpo que se corrompia de uma estação para a outra.

Quando não podia dançar, corria, utilizava a mesma música para as duas atividades, praticava ambas compulsivamente. Você não sabe o que é dançar com desespero adolescente até que o faça escutando "Papa Don't Preach" no último volume, ou a sensação de fuga proporcionada por correr com "Cemetery Gates" dos Smiths no *walkman*. Estava apaixonada pelo Morrissey.

Também ia longe com Depeche Mode, The Cure e Elton John, que me faziam chorar, assim como a sensação de me olhar no espelho tentando encontrar algo para amar. Dançava, corria e fugia, apenas queria escapar.

Escapar até ele. Até Jay.

A primeira vez que o vi, no vestiário do ginásio, ruborizei tanto que alguém me perguntou se estava passando mal. Tive que fingir uma vontade repentina de ir ao banheiro para justificar minha cara de espanto e para recuperar a compostura. Ele, que tinha o olhar lateral mais afiado que conheci na vida, percebeu a cena.

Era filho de um militar estadunidense que fora designado à base aérea de Torrejón e de uma professora francesa. Cresceu em Sacramento, Manila e Paris, e Deus sabia que, em seus dezesseis anos, ele não perdera tempo.

Gostava de pensar que tínhamos nos reconhecido no primeiro olhar, mas a verdade é que foi ele quem soube ver. Era muito esperto, desenvolto e tinha um interminável catálogo de provocações sutis. Quase não falava espanhol, o pouco que sabia tinha aprendido na Califórnia e nas Filipinas, mas não lhe fazia falta alguma. Se quisesse dizer algo, dava um jeito maravilhoso de comunicá-lo. Desde esse primeiro olhar, quando acontecia de nos vermos nos vestiários, perdia a hora seguinte entre arrepios e fantasias mirabolantes típicas de uma adolescente que lia muito. Olhá-lo quando ele não me olhava era ainda pior, era como alcançar um estado narcótico sujo e sufocante. Queria lhe dar uma porrada e que me retribuísse com outras três. Queria que me abraçasse devagar e me dissesse coisas no ouvido que eu não entendesse, como se me quisesse de verdade.

Não foi nem uma coisa nem outra, mas foi. Ele me procurava no tatame quando precisávamos fazer exercícios em par, trocava de roupa ao meu lado antes e depois das aulas, ríamos muito aprendendo a nos entender em idiomas diferentes. Prestava toda atenção em mim, com os olhos bem abertos e inclinando a cabeça como um cervo escutando o vento, sua linguagem corporal me deixava louca, era excitante e confortável, afeminado e atlético, grande, suave e capaz de tensionar-se como o aço. Era como um bailarino da antiga Pérsia. Era Bagoas, o rapaz que seduziu Alexandre, o Grande, capturado depois da batalha de Gaugamela. Quando estava com ele, sentia que podia lhe contar qualquer coisa. Com muita dificuldade, começamos a nos ver fora daquele ambiente ridículo. Não sei que desculpa ele dava, considerando o quão longe vivia e que seu pai não era exatamente um sujeito que aceitasse qualquer explicação. O tenente Nichols deixava pouco espaço para seu filho respirar, ainda que ele aproveitasse cada brecha com astúcia. Eu dizia que ia para algum jogo, como o basquete, ou que ia dar uma volta, pais aceitam essas coisas se te consideram um homem. Nunca tive problemas de comportamento e me dedicava aos estudos.

Jay não era capaz de esperar e não houve aproximações leves, mãos se roçando ou gestos cada vez mais audazes. Na primeira vez que nos vimos a sós, ficamos diante de uma das portas laterais do cemitério de Almudena, a que dava de frente para a entrada do cemitério civil. Aquele era um não-lugar, onde somente passava uma rua de paralelepípedos bem estreita, de duas mãos, e tudo que se via eram os muros perimetrais da necrópole, velhos, de tijolos caindo aos pedaços. As calçadas junto às paredes eram minúsculas e estavam muito malconservadas, cheias de rachaduras, como se os fuzilados pelo fascismo naquele solo, durante a guerra civil, golpeassem a rua para não serem esquecidos; duas pessoas não tinham como caminhar uma ao lado da outra com comodidade naquelas estreitezas. O lugar estava deserto. Mal tínhamos entrado na região das tumbas mais velhas, quando me agarrou pelo zíper da calça, me puxou para si e me beijou nos lábios. A primeira coisa em que pensei foi em sua valentia, jamais teria me atrevido a fazer algo assim sem estar totalmente segura, e por totalmente segura eu entendia uma declaração assinada, com testemunhas e alguma autoridade competente, de que a pessoa que estava diante de mim desejava que eu a beijasse. A ideia da rejeição, da violência subsequente e do escárnio posterior tirava meu sono frequentemente.

Não imaginava nenhum dos adolescentes que conhecia, nenhum, não se incomodando com uma aproximação minha, por mais respeitosa que fosse. Se tivesse me comportado com eles como eles agiam com as garotas, qualquer dia desses teria amanhecido roxa e inchada em um descampado. Esse pensamento não era um exagero, era um condicionamento. Daniel, o filho do sapateiro, vizinho distante, mas conhecido de meus primos mais velhos, um garoto doce e simpático cuja linguagem corporal fora abençoada pelo babado, e em uma madrugada de sábado chegou em casa sem um dedo da mão direita, com a mandíbula quebrada e o rosto borrado de batom vermelho. Desde aquela noite, não voltou a sair sozinho e acabou solicitando uma pensão por incapacidade devido às sequelas psicológicas deixadas pelo que seria seu primeiro encontro. Tinha quinze anos. Aquele beijo do Jay, tão perfeito, tão suave, tão quente, demorou a chegar para mim no lugar em que essas coisas são recebidas; esse, meu primeiro beijo, veio com um prólogo no qual me lembrei de todas as histórias de terror contra pessoas como eu que presenciara ou escutara em minha vida. Estavam ali comigo, translúcidos e gelados, os que tinham sobrevivido e os que não. Vi Daniel, o lindíssimo filho do sapateiro; vi Alícia, uma garota fabulosa que costumava jogar futebol nas quadras do bairro com uma camiseta do Rayo Valecano, que ria um monte quando marcava gol. Uma risada ampla e livre impossível de esquecer. Expulsaram-na de casa aos catorze anos porque a flagraram abraçada com outra garota na entrada de casa. Sim, aos catorze. Quando ainda quase não tinha idade nem para entrar sozinha no cinema. Apenas botou um pé para fora do seu lar e o mundo a devorou viva. Também vi Benjamin, parente de terceiro ou quarto grau, filho de uma prima de segundo grau de minha mãe, bailarino e ator em potencial, belo como um grande felino, meu flautista de Hamelin da rua Amposta, que foi massacrado por seu pai e seus irmãos que o chamavam de viado, até não sobrar nada dele a não ser uma criatura trêmula e alcoólatra que desapareceu do bairro numa noite de verão, aos dezessete anos. Não era justo comparecer a um momento tão especial da vida, o do primeiro beijo, com semelhante carga. Nossa vida não era como a dos demais, e nunca ia ser. Uma romaria interminável de fantasmas ia nos acompanhar pelo resto de nosso caminho e nos contemplaria com carinha de adeus a cada passo que déssemos.

— Você ser bem? – Jay me perguntou errando as palavras, mas acertando a pergunta de um modo tão encantador que ativou meu mau hábito de chorar por tudo.

— Sim, sou bem. Me beija mais, por favor.

Além de San Blas

Jay estava caidinho por mim e cuidava de mim, mas não desperdiçava tempo. Nossos encontros eram curtos, antes de me dar conta estava voltando para a casa com meu corpo todo gritando de alívio, mas com a sensação de ter acordado de súbito de um sonho lindo. Com a prática, entendi que a brevidade de nossos encontros fazia parte do protocolo de segurança que devíamos seguir para não ter problemas. Quase sempre nos víamos em lugares afastados, mas públicos, ou em meio à sordidez suficiente para passar despercebidos. Tinha catorze anos e não cheguei a fazer quinze com ele em meus braços. Sonhava com um extra de ternura depois de nossas urgências; é evidente, queria um companheiro, um amor, alguém que, depois do sexo, ainda seguisse definindo meu corpo com suas carícias, em termos melhores do que aqueles que meu olhar negativo me oferecia. Mas, naqueles anos, naquela vida nossa, não havia espaço para outras ternuras além das puramente carnais. Que não eram poucas.

Jay deu um jeito de saber antes de mim que Chueca, o bairro do centro, ainda que desse medo em todo mundo, era um lugar mais ou menos seguro para nós. Acontecia algo ali que estava mudando completamente. Eu não tinha a menor ideia, tinha ido poucas vezes para o centro da cidade, e sempre com meus pais, no Natal ou em alguma ocasião especial, talvez um casamento, coisas assim. Minha vida se desenrolara entre San Blas e alguns verões em Cáceres e Alicante.

Jay queria que experimentássemos ir para Chueca.

Era um sonho passar uma tarde inteira juntos sem estar a cada minuto com o coração na mão de nos pegarem no flagra. Valia a pena tentar.

Diziam com terror que era um bairro de putas, viciados e viados, que assaltavam as pessoas e que, ainda que isso estivesse mudando, ainda não era o caso de se descuidar por ali. Eu, vinda do *Grande* San Blas, achava isso muito engraçado. Falavam a mesma coisa do meu bairro nos anos setenta e oitenta, e, ainda que pudesse ser um lugar difícil, não era algo que chamaria de inferno. Pelo menos não pelas mesmas razões por que as pessoas atribuíam essa fama. Falavam nesses termos também sobre Villaverde, Carabanchel e Aluche. Não era preciso ter muita consciência crítica para entender que eram todos bairros de operários, com baixa renda, politicamente mobilizados e que foram castigados de forma dura, por exemplo, com a entrada da heroína em ondas e depois sendo categorizados a partir das consequências que a droga deixara. Também eram bairros em que havia ciganos, que se encontravam bem entre iguais, entre operários, entre pobres. Não deixavam os ciganos descansarem, e se deslocavam com a fama de destroçarem os lugares por onde passavam ou onde se assentavam. Não tinham a mínima garantia cidadã e eram alvo da culpa de viverem com o que era deixado para eles. Chueca não devia ser tão ruim. Imaginava um lugar menor, mais amontoado e com menos famílias com aparência de família do que meu bairro. Frequentemente as pessoas esqueciam que os viciados eram filhos de alguém e que as putas também eram mães, filhas e irmãs.

Fomos ao Figueroa, um café que ocupava a esquina da rua Augusto Figueroa com a Hortaleza; era espaçoso, agradável e estava cheio de fumaça de cigarro. Não parecia em nada com as cafeterias do meu bairro, nem com nenhuma outra que conhecesse. Só tinha homens dentro, de todas as idades. Ainda que me parecessem bem mais velhos, não eram de fato. Era a primeira vez que via casais de homens sentados um com o outro, isso porque havia mesas de sobra. Ao olhar aqueles homens que se sentavam juntos porque queriam, percebi que até o que considerávamos aleatório era regido por rigorosas normas sociais, como as posições que ocupamos nas mesas em público. Fora dali aquilo seria impensável.

Foi Jay quem tinha conseguido a informação de que aquele lugar existia. Com o passar dos anos, entendi que, além de me ver, nessa época ele devia andar com gente mais experiente, de mais idade. Ele sabia demais para um recém-chegado de dezessete anos, e não era tão fácil se informar sobre onde ir e com quem. Isso me beneficiava, ainda que eu não soubesse. Era incrível ceder o controle e poder me concentrar em valorizar sensações que acreditava que estavam quase sempre vedadas para mim. Com tudo evidente, já tinha tomado para mim o fatalismo trans e me convencera de que minha vida seria de real solidão. Tinha certeza de que o que me esperava era um imenso armário, relações com homens e mulheres baseadas em consolidar minha mentira e um final solitário, atormentada pelo que não pude ser. As pouquíssimas histórias que tinha visto ou lido e que eram protagonizadas por mulheres como eu não contavam outra coisa. Possivelmente um alívio cômico no qual a travesti, feia e exagerada, também acaba sozinha, por mais graciosa que seja. Até o todo-poderoso mestre de cerimônias de *Cabaret* passava o filme todo sem nome e terminava diante de um público cheio de nazistas, enquanto soava o rufar de tambores que acompanha um fuzilamento.

Por isso Jay era um milagre, uma graça caída do céu que não se repetiria e que eu precisava engolir até a última gota.

Um homem veio nos atender e chegou rindo à mesa.

— Olha só, que é que aconteceu no colégio hoje? Vocês deviam estar brincando de esconde-esconde, que é que estão fazendo aqui?

Eu estava morrendo de vergonha e não sabia o que dizer, era a primeira vez que estava em um local comercial sem meus pais, exceto pelas tarefas que realizava no meu bairro. Não tinha considerado que precisaria pedir algo ou falar com alguém para pedir algo. Olhava para Jay, esperando que solucionasse a situação, mas ainda que seu espanhol estivesse melhorando, é óbvio que não era uma Carmen Martín Gaite. Esse era o tipo de situação que me fazia voltar a gaguejar, algo que tinha conseguido deixar mais ou menos para trás, desde que estivesse tranquila e pudesse encontrar a cadência adequada.

— Sim, estamos jogando de esconde-esconde – disse Jay com toda a desenvoltura e concentrando uma boa dose de insolência em sua expressão.

Fiquei olhando para ele, perguntando-me se seus recursos eram realmente infinitos. Além de saber responder usando a mesma tirada que havia sido dada, oferecendo um duplo sentido em retorno, parecia saber qual tom usar em uma conversa que estava fora do meu alcance. Eu conseguiria, mas esse ainda não era meu mundo.

— Bem esperta você, viada. E se pronuncia BRIN--CAN-DO, de BRINCAR, BRINCAR de esconde-esconde. Não JOGANDO de esconde-esconde. – Jay assentiu e ambos riram juntos.

— Cuidado com essa gringa porque ela sabe das coisas e você tem cara de ser um broto. – O garçom levantou meu rosto com suavidade pelo queixo para me dizer isso olhando em meus olhos.

— Você, do esconde-esconde, cuida bem dessa pequena aqui. Deixa eu ver o que trago para vocês, não tenho Cacaolat,* querem café com leite? – Assentimos. Seria o primeiro café da minha vida.

Sentamos um de frente para o outro e estendemos os braços por cima da mesa até entrelaçarmos as mãos. Ninguém que não soubesse o que era temer o espaço público ou sentir vergonha de ocupá-lo livremente podia entender o que estava acontecendo comigo naquele momento. As sensações eram as mesmas de quando sentia medo, mas, por outro lado, era como se acontecessem fora da água, e até então só tivesse conhecido uma vida nas profundezas. Queria chorar de alegria e de tristeza. A procissão de fantasmas me observava do lado de fora do café, através das janelas, e não sabia se o distante astral das bichas, das travestis, das sapatões e das bissexuais se abrira para celebrar comigo esse fragmento perfeito de vida, ou se estavam ali para me lembrar de meu futuro lugar entre elas.

— Cuidado com o bicho-papão! – Soltei minha mão da de Jay e retraí o braço como se tivesse uma mola no ombro. O garçom, que servia nossos cafés na mesa, morria de rir. Jay também.

— Não te assusta, viada! Desculpa, meu bem, é que eu sou meio sem noção, vi vocês assim lindinhos e só

---

* Marca espanhola de bebida de leite achocolatado. [N.T.]

quis encher o saco. Se precisarem de algo, estou por aqui. – Deixou as xícaras e foi embora.

— Que simpático, mas que susto. Gostei muito do lugar, agradeço por me trazer aqui.

Estava muito nervosa e ao mesmo tempo queria que o tempo parasse e aquela tarde não acabasse nunca. Era bem meu isso de pensar no final de algo lindo que mal tinha começado.

— Sim, é lindo – disse Jay. – E seu rosto, mais lindo.

— Ei, não ri de mim, o garçom te falou para me tratar muito bem porque ainda sou um broto e me chamou de pequena.

Por "pequena", Jay entendia outra coisa que não tinha a ver com tamanho nem idade, mas não parecia perdido. Mas isso de broto o deixava todo confuso.

— Olha, "pequenas" são as mulheres jovens, assim como as coisas ou pessoas pequenas, que significa que, além de jovens, podem ser pequenas de tamanho. Quando me chamou de pequena, quis dizer que sou de pouca idade, muito jovem, entende?

— Sim. E estar broto?

Voltamos a entrelaçar as mãos.

— Não é ESTAR broto, é SER um broto. Como a planta quando ainda está começando a crescer. – Ele me olhava com muita atenção, mas isso da planta crescendo ainda o confundia. – Quando você vê uma planta pequena, que ainda não tem sua forma final, sabe?

— Sim.

— É o mesmo com as pessoas, dizemos SER um broto para nos referirmos... descrevermos... falarmos de alguém jovem que achamos bonita e que, por sua idade, talvez não tenha muitas experiências ainda.

— E você, broto de viada, então.

Quase cospi o gole de café que tinha acabado de beber.

— Sim, seu bobo, eu, broto de viada.

Beijar em meio a uma gargalhada foi uma experiência que, conforme estava acontecendo, prometi não esquecer jamais.

Continuamos conversando sem soltarmos as mãos e cada vez mais perto. Antônio, o garçom, nos deixava em paz ainda que tivéssemos terminado os cafés rapidinho e estivéssemos ocupando uma mesa sem consumir nada. Quis pensar que gostava de olhar para nós. Muitos anos depois entendi que, por mais que nossa juventude bicha fosse limitada e às vezes obscura, gozávamos de algum respiro que a geração de Antônio, que calculava ter uns quarenta e poucos anos, não teve.

Não via nada de errado na cultura da pegação em público, nos espaços separados e no sexo casual. Através do clube Círculo de Leitores, tinha devorado livros de

Terenci Moix e de Eduardo Mendicutti. Também conhecia Gerald Walker e sabia de cor *Labirinto de paixões*, de Almodóvar. Meus pais nunca discutiram comigo por causa das leituras, passava tantas horas entre livros e era algo que parecia me deixar tão feliz que nunca viram problema nos títulos. Via certos filmes às escondidas ou tentava ver sozinha e ser discreta. Eles não eram muito chegados em cinema, meu irmão saía frequentemente e não era raro que eu tivesse o videocassete de segunda mão da minha família à minha inteira disposição.

Sabia o que era *cruising* e o nome de algumas regiões de Madri em que era praticado. Tinha consciência da existência e do funcionamento das saunas e dos cinemas pornô. Também tinha ouvido falar dos locais clandestinos para as bichas, existiam até pouco tempo atrás, lugares em que era preciso bater à porta para que quem estivesse dentro pudesse checar quem pretendia entrar e decidir se podia fazê-lo ou não. Quando lia coisas assim, parecia que a comunidade tinha tecido algo lindo com as sombras às quais tinha sido condenada. Um modo de se relacionar descomplicado, urgente e único, que era consciente de si próprio, uma escola dos corpos sem as violências subterrâneas que circulam livremente sob o sol da heterossexualidade e entre as quais me criei. Ninguém precisava me ensinar sobre essas violências, nem aprender sobre elas nos filmes, eu as tinha contemplado por mim mesma.

Ainda que houvesse muita beleza na história sobre como prevalecia o prazer e a vontade de continuar amando, não significava que fosse preciso viver a vida sempre assim, às escuras, evitando a luz do sol, temendo-a porque os monstros lhe esperam sob sua luz. Eu me sentia feliz de poder presentear Antônio e talvez outras pessoas que tomavam café naquele lugar com uma imagem de esperança. Era estranho ter tanto medo, perceber a vida de forma tão obscura, perceber-me tão desfigurada e, ao mesmo tempo, ter consciência de que, se fosse vista com olhos adequados, eu mesma, segurando a mão de meu primeiro amante, era a promessa de um futuro melhor.

A família

Estava ficando tarde e o local enchia de gente. Antônio se movia com vivacidade pelo espaço, tudo em sua linguagem corporal destacava que aquele café também era sua casa. Seus gestos e sua voz rouca continham uma feminilidade acolhedora e terníssima. Enquanto o observava, entendi que sempre confiaria nos homens do babado e que no futuro amaria vários deles. Antônio sorria para cada cliente e não deixava de conversar um pouquinho com quem entrasse e saísse de lá, não importava se os conhecia ou se fosse a primeira vez que passavam pelo Figueroa. Era um homem de estatura baixa, moreno, barbudo, com uma largura de pescoço e costas de quem provém de gerações inteiras de homens e mulheres cujo corpo fora tomado pela labuta. Suas pernas delgadas também contavam a história da desnutrição endêmica das famílias que não conheceram outra coisa que não fosse a realidade de arrebentar-se de trabalhar. Tinha um jeito caloroso natural no trato com as pessoas que fazia com que qualquer uma se sentisse confortável, bastavam algumas piadas suas para suavizar minha rigidez e dissipar meu medo. Naquela tarde, apenas tive olhos, boca e tato para Jay, mas não percebi as interrupções de Antônio para falar conosco como se fossem incômodos; na verdade, achei que foram curtas e fiquei com um monte de perguntas engasgadas na garganta, que teria adorado lhe fazer para escutá-lo falar.

Com a noite chegando, decidimos que era hora de ir para outro lugar sem saber muito bem onde. Já tínhamos ocupado a mesa por um tempo mais que impróprio para o que consumimos. Fomos ao balcão para pagar e nos despedirmos de nosso anfitrião.

— Já vão embora, colegiais? Vão para algum lugar ou vão voltar para casa?

— Vamos dar uma volta – respondi. — Ainda temos tempo, mas não sabemos muito bem o que fazer, não conhecemos quase nada por aqui, caminharemos um pouco até dar a hora.

Eu percebia como estava solta, como se nessas duas ou três horas tivesse respirado um ar novo que me fez deixar a infância um pouco mais para trás. Tinha consciência de minha idade e de que ainda não era o momento de frequentar aquele ambiente, mas, quando chegasse a hora, talvez me sentisse pronta. Me senti desimpedida, como se estivesse livre dos efeitos de um parto empelicado. Em apenas uma tarde, tinha digerido anos de anseios e desobstruído dúvidas que pesavam como as traves de uma cruz. Quando você está longe de tudo e não pode tocar em nada, imagina como será o toque nas coisas segundo os seus medos, os próprios e os aprendidos. Eu me dei conta de que o medo me afetava de um modo específico, mantendo-me em um estado perpétuo de imaturidade por me distanciar de toda experiência significativa. Não se tratava de fazer coisas que não tinham a ver comigo por causa da idade, mas sim de entrever que outra vida era possível, para além do pavor, da imobilidade e do choro solitário. Nesse tempinho no Figueroa com Jay, e graças ao Antônio, acabou que compreendi que havia um mundo exterior no qual talvez tivesse alguma oportunidade. Não sabia como os habitantes do café considerariam as vidas de mulheres como eu, decerto conheciam alguma, mas intuía que, se existia uma opção para lançar-se ao vazio da liberdade e cair sobre uma grama fresca e fofa, seria entre pessoas como aquelas, que apenas tinha vislumbrado no tempo de tomar um café e beijar até que meus lábios ficassem dormentes.

— Esperem, vou dar umas camisinhas para vocês.

Disse "camisinhas" com o mesmo tom com o qual poderia ter dito "esses figos que estão ficando podres". Busquei manter a compostura diante dessa palavra. Minha vida no armário e minha adolescência me proporcionavam esse tipo de contradição no meu interior. Conhecia a largura exata dos quadris de Jay e podia delimitá-los no ar com as mãos, sem errar, mas ficava impressionada apenas com a menção às camisinhas.

— Ele – disse Antônio olhando para Jay – já usou antes, mas você não, ou já?

— Sei muito bem o que elas são e vi algumas jogadas na região onde meu pai trabalha, que de noite fica cheia de casais que param ali para transar. Acho que meu irmão tem algumas na carteira, nunca encostei nelas. Mas, não, nunca usei uma. Não foi necessário.

— Então. Pois são necessárias, sim, e que ele te ensine como colocar e use sempre quando estiver contigo. Pois nunca acontece nada, até que acontece.

— você, viada – dirigiu-se a Jay dando-lhe batidinhas no peito com as costas da mão –, USE SEMPRE, TENHA CUIDADO. CUI-DA-DO.

Comunicava-se com Jay praticando esse milenar costume espanhol de falar alto e devagar para tentar fazer com que estrangeiros entendam o idioma. Antônio não era poliglota, mas se fazia entender maravilhosamente, e Jay, na realidade, compreendia nossa língua muito melhor do que falava. Essa pouca capacidade para conversar com desenvoltura dava a impressão de que estava muito mais perdido do que estava, na realidade conseguia entender quase tudo de primeira.

Agradeci-lhe, peguei a cartela de camisinhas e guardei-as no bolso superior da jaqueta jeans. Antes de nos virarmos para sair dali, quis tirar uma dúvida que me rondava desde que tínhamos entrado. Sempre era obcecada por controlar os espaços. Minha experiência trans e bicha me obrigava a observar com obsessivo detalhamento qualquer ambiente em que pusesse os pés; enquanto entrava, assimilava a posição dos móveis, dos quadros ou das fotografias que existissem, as possíveis entradas e saídas, as janelas e, sobretudo, buscava memorizar, interpretar e contar cada rosto humano que se encontrasse dentro, assim como suas expressões, sua forma de olhar, de rir, de estarem sérios ou de se surpreenderem. A sensação de controle ajudava a administrar o armário, por todos esses fatores podia calcular com certa precisão o cuidado que devia ter em meus gestos, minhas intervenções e meus olhares. O resultado quase sempre era o cuidado extremo, bem poucas vezes existia alguma brecha bicha através da qual escapar nos espaços para retornar a um estado de alerta moderado. O Figueroa foi uma experiência nova e maravilhosa de relaxamento, talvez a primeira em minha vida, já que os encontros com Jay sempre estavam sujeitos à possibilidade de serem surpreendidos e castigados. Minhas sessões travesti no banheiro também não escapavam dessa lógica, a única coisa que me separava da hecatombe era um trinco frágil e uma resposta adequada do outro lado da porta.

A primeira coisa em que me fixei ao entrar no Figueroa foi uma parede que estava atrás do balcão, na qual não havia prateleiras com bebidas. Era um espaço diáfano pintado de verde onde vários retratos estavam pendurados, todos do mesmo tamanho e com molduras idênticas.

— Ei, Antônio, antes de irmos embora, posso te perguntar uma coisa?

— Claro, querida, só um segundinho, que preciso atender aquelas duas mesas lá e já volto.

Voltou logo em seguida, não precisava correr para fazer seu trabalho com rapidez. Atravessava os corredores entre as mesas com a alegria de uma versão urbana e caseira do deus Baco. Era ágil, oferecia generosidade em tudo que fazia e não lhe faltava o ponto exato de malícia que se supõe que o deus do vinho, dos banquetes e da alegria também teria.

— Fala, meu bem, que foi?

— Quem são essas pessoas nas fotos? Fiquei a tarde toda olhando com muita curiosidade, imagino que sejam clientes frequentes ou algo assim. Acho que gostaria de trazer uma foto nossa para você e estar aqui sempre. Não é nada, bobagem.

Imaginar-me com Jay adornando as paredes do primeiro lugar em que pude segurar suas mãos, as do meu primeiro amante, diante de outras pessoas, parecia-me algo precioso. As fotos nas paredes importam. Madonna nunca abandonava as paredes do meu quarto porque havia momentos em minha vida nos quais ela estava ali quando ninguém mais estava, como uma virgem das existências tortas diante da qual podia chorar minhas penas e implorar por sua companhia. Os recortes de Bowie, de Boy George e de Pete Burns que estavam colados na cabeceira da minha cama buscavam minha fantasia de mudança, a esperança da beleza que se sonha a partir de uma masculinidade fingida e que acaba sendo abandonada. O pôster de Siouxsie atrás da porta do meu quarto me incentivava a ser menos piedosa, mais egoísta, obscura e perigosa. Morrissey, que também guardava meu sono naquela porta, era Marcabru, e eu, Leonor de Aquitânia. Ele cantava meus anseios e meus amores impossíveis, amava-o com a distância que as damas impunham aos trovadores, me fazia viver outras vidas, me ajudava a escapar. George Michael e Dave Gahan compartilhavam frente e verso de um pôster na parede que me restava, diante de onde me deitava, ambos me matavam de desejo e profetizavam que um dia a carne contra a carne curaria algumas de minhas feridas e de meus medos. Toda noite ia dormir olhando para os rostos daquele santoral de vinil, maquiagem e descaramento e rezava para eles em uma vida que não fazia nada além de se estreitar. Estavam ali, juro, como anjos dos quadros de Botticelli, governando nuvens que não podiam me sustentar, mas que me prometiam outras paisagens.

— Pois todos eles já se foram, meu bem.

Antônio mudou sua postura diante da pergunta. Seu rosto ficou sombrio, sem deixar de ser doce. O que obnubilou seu olhar foi mais do que uma sombra, foi um anseio. Uma distância cristalina, uma melodia preciosa e triste que quase não é possível escutar se não prestarmos muita atenção.

— Eram meus amigos; esse aqui, meu namorado, olha como o coitado era feio, mas como era bom! – Beijou a ponta de seus dedos e acariciou com eles a boca do homem que sorria na fotografia. – Eram a família que formei quando cheguei a Madri, há vinte e cinco anos. Olhem para eles de perto.

Ficamos a poucos passos de distância da parede e não diria que fez silêncio na cafeteria, mas que o volume das vozes abaixou consideravelmente. O ambiente mudou em segundos. Todo o relaxamento e a alegria que pareciam viajar com as espirais de fumaça de mesa em mesa se transformaram em algo invisível, da consistência das orações e das boas lembranças que vão se dissipando na memória com o passar do tempo, um punhado de areia que, por mais que se queira, não pode ser segurado entre as mãos. Muitos dos clientes olhavam para a parede, outros nos olhavam e alguns deles olhavam com olhos úmidos para outra direção, talvez para sua própria parede de fotos.

Antônio continuou:

— Aqui, Celestino, meu Celes. – Continuava com a mão pousada sobre o mesmo quadrinho. – Estávamos em Torremolinos, eu que tirei essa, a gente curtiu horrores nesse verão. Uma patrulha da Guarda Civil caçou a gente porque estávamos nos pegando numa vala da serra de Mijas, e Celestino convenceu todo mundo de que estava me dando uma massagem para asma. Era tão feio e tão encantador aquele sacana! Aquela beiçolinha.

Apontou para outra foto. Era um retrato em preto e branco de alguém com muita maquiagem em uma pose bem dramática. Era realmente um instantâneo maravilhoso, cabareteira, no estilo Man Ray.

— Essa aqui é Sarita, se chamava Bernardo, mas se enfurecia muitíssimo se a chamássemos assim, dizia que era nome de padre viciado em *natillas*.* Foi expulsa do quartel de Colmenar Viejo por imitar Sara Montiel nas imaginárias, que são as rondas feitas à noite pelo pessoal do serviço militar obrigatório. Ali, minha Sarita se punha a cantar "La violetera", vestindo a jaqueta do uniforme, de calcinha e maquiada. Sua coragem faz falta. Que filha da puta, era foda.

Fiquei presa na foto de Sarita, talvez nela estivesse a resposta para a pergunta sobre aquele lugar ser seguro para mim, quando chegasse o momento. Olhava para ela com a mesma necessidade com a qual costumava

---

* Sobremesa tradicional espanhola feita de ovo, leite e açúcar, como um mingau, à qual se acrescentam aromatizantes. [N.T.]

olhar para Margarida quando era mais nova, mas sem o ápice da rejeição. Senti sobre meus ombros as mãos da companhia de fantasmas, me reconfortando. Tomara que Sarita esteja ali escutando o Antônio falar dela com tanto amor. Quem me dera ter tido um momento para conversarmos juntas e perguntar-lhe coisas, da garota que se maquia às escondidas à garota que se maquia diante do Batalhão Logístico da Base San Pedro do Quartel General de Colmenar Viejo inteiro.

— Desculpa, Antônio, não queria te deixar triste, a pergunta bateu mal, né?

— Ai, não, meu bem, essa gente era meu mundo todo e foram ficando para trás, mas nunca se foram, adoro falar deles e que me perguntem sobre. Sinto muita saudade de todos, mas os tenho aqui, em meu cafezinho, cuidando de mim nessa parede e me animando. Sabe aquelas senhoras que quando se levantam dão beijos nas fotos de seus maridos mortos e nos santinhos de Santo Antônio de Pádua? Faço o mesmo, mas com essa corja de bichas. Minha família. Entro aqui e é a primeira coisa que faço, dou bom-dia para eles, um beijo para quem merece e começo a trabalhar. Vocês podem imaginar o que aconteceu com a maioria, por isso distribuo camisinhas para as bichas jovens, como se fosse Papai Noel. Viro uma mãe manchega, chatíssima, e sei que é raro que um desconhecido ouse se meter no que vocês fazem ou deixam de fazer com suas maquinarias, mas, garota, prefiro que vocês venham aqui outro dia em carne e osso, para fofocarmos enquanto tomam um café, a ver vocês em uma foto para sempre.

Senti que estava apertando a mão de Jay com muita força. Sempre fui de natureza solene demais, e os memoriais nunca deixaram de me impor respeito. De novo se reforçava em minha mente a ideia de que tudo que é bonito acaba sendo alcançado pela escuridão. Não era culpa de Antônio, que nos relatara a história daquela parede com muito carinho e com pouca gravidade; a certeza de que um dia perderia tudo que me importava era recorrente para mim, eu era a rainha das profecias autorrealizáveis.

— Não quero que pensem nessa parede como se fosse o trem-fantasma – continuou Antônio. – Nem que acabem indo para casa morrendo de pena e se escondam debaixo da cama, estou vendo a cara de vocês e parece que acabamos de sair de uma sessão espírita, bichas. Essas são as fotos de minha família, a que eu escolhi, como vocês terão uma que já está buscando vocês aí fora. É maravilhoso ser como nós. Perguntar-me sobre eles significa que pelo menos você já está precisando de uma; preste atenção, ela aparecerá quando você menos estiver esperando, aqui mesmo, por exemplo. E já chega, que eu sou mais chato que o relógio de *A bela e a fera*.

— Posso te abraçar? – perguntei-lhe, tentando evitar chorar em vão.

— Vem, brotinho, vem cá. – Abraçou-me forte e por um bom tempo, deixei a frente de sua camisa molhada de lágrimas que já não eram mais de criança. Quando era a vez de se despedir de Jay, tiveram uma breve conversa junto ao ouvido e, ao se separarem, vi que Antônio lhe deu um molho de chaves com umas indicações que rabiscou depressa em um guardanapo. Depois Jay se jogou em seus braços e apoiou a cabeça sobre o ombro dele com uma doçura quase infantil. Por baixo daquela sua encantadora malícia, havia uma criança que precisava de afeição, que apenas emergia durante poucos segundos depois de transar ou em momentos sentimentais que não conseguia controlar, que eram poucos. Aquela imagem de Jay quase deixando-se ninar por Antônio foi um relâmpago de fé e beleza trágica diante de meus olhos, não pude evitar de ver uma descensão nisso, o cuidado de um apóstolo sobre o corpo teso de Jesus.

Para sempre

A casa de Antônio era pequena e com pouca luz. A entrada dava diretamente para um salão organizado e bem aproveitado, apesar de seu tamanho. Deixava-o bem espaçoso. Junto à janela da sacada com duas portas, que era enorme e ia do chão ao teto, tinha colocado uma mesinha de café e duas cadeiras metálicas que não ocupavam muito espaço, mas que davam vida à residência. Era possível imaginar Antônio tomando café da manhã ali, sentado em silêncio, olhando pela janela. Lá, não havia nada além de uma poltrona colada na parede oposta à janela da sacada e um par de estantes estreitas, mas repletas, em um móvel de uma porta só, que ocupava a parte da parede que estava livre.

Ora, como alguém que se empanturrava de literatura de Truman Capote, supunha que uma casa de uma pessoa como Antônio, uma bicha velha, estaria cheia de fetiches e texturas. Não esperava essa austeridade pulcra, de indubitável bom gosto, até minimalista.

Não perguntei a Jay e nem quis saber que tipo de arranjo propiciara aquela intimidade. Não que me parecesse suspeito, provavelmente fora um gesto de cumplicidade de Antônio por ter despertado ternura nele. Ele, melhor que qualquer um, conheceria as peregrinações a lugar nenhum que podem chegar a ser os encontros entre bichas, sapatões e outros habitantes de nosso bosque. Fosse o que fosse, parecia algo bom.

Assim que entramos, nos beijamos apoiados na porta, nos beijamos enquanto nos situávamos na casa, nos beijamos a caminho do quarto, que estava ao final de um corredor tão curto que quase não se podia considerar como um.

— Espere um momento, Jay.

Já tivéramos nossos momentos antes, nenhum temor me rondava, não estava nervosa nem precisava de nenhum preparativo. Precisava muito dele e precisava dele o quanto antes. Tínhamos nos acostumado a procurar as esquinas mais escondidas dos parques mais remotos que conhecíamos para buscarmos um pouco de prazer.

Às vezes nos enfiávamos em lugares de pouco risco, como pátios de escolas ou colégios quando estavam fechados, assegurando-nos de que não tinham zelador. Abençoamos o pórtico de alguns edifícios com nossas fugacidades, embora isso me desse bastante medo e não tenhamos exagerado tanto ao praticar o amor dos platôs das escadas.

Sabia como era seu cheiro, como era seu gosto e como se movia. Mas ele não sabia tudo que devia saber sobre mim. Nunca tinha ficado sem roupa diante dele e pensei que pela primeira vez ia ter acesso a uma intimidade real e segura com alguém de forma recíproca, que gostava tanto de mim e de quem não tinha nenhum medo. Não ia me prender pelo que não diz e pelo que não mostra.

— Claro, claro, que foi, é nervoso? Antônio não vai vir, ninguém vem. Para mim, tanto faz chegar tarde, quero estar contigo e te prometo que não vai chegar tarde em casa.

Era uma pena que ainda não dominasse o idioma falado, sabia que queria ter dito algo mais para mim, para me fazer sentir mais segura, ele não sabia, mas conseguiu fazer isso com seu tom, seus gestos e seu olhar. Jay era pura alegria, e em algumas ocasiões ia depressa demais, mas cuidava de mim e nunca me colocou em uma situaçao incômoda. Pelo contrário. Tudo era fácil com ele. Suas dificuldades para se comunicar conversando e meu inglês macarrônico de ensino fundamental me doíam mais por ele do que por mim. Devia soar como um príncipe em seu inglês de origem.

— Não, não estou nervoso, mesmo. Apenas quero falar com você uma coisa importante.

Odiava a gravidade com a qual me obrigava a guardar segredos. Tudo que tinha a ver com minha identidade, quando ensaiava as possibilidades de contá-la, soava como a confissão de um crime ou de um pecado imperdoável. Era desanimador ter crescido com a linguagem da culpabilidade disseminada por toda parte como a única forma de referir-se às vidas trans. Descobrir-se deveria ser um motivo de celebração, o abandono público de um espaço de vida minúsculo e sufocante deveria ser acompanhado por abraços e alívios. Mas como propor algo que nem em imaginação fora visto, nem jamais fora intuído. Qual bicha ou sapatão fora parabenizada por seus pais e amigos por ser quem era, que bissexual não foi alvo de suspeita de erotomania ou sua sexualidade não foi levada a sério porque tal condição nem existia, qual travesti andava acompanhada de sua família na rua com orgulho, qual conversa sobre renegar o gênero com o qual se nasceu pôde acontecer em termos leves, pois o peso não tem a ver com a importância. Não conseguia pensar em outra forma de me explicar que não fosse séria, a dramática preparação do terreno, a culpa e a antecipação da rejeição.

— Deixa eu te mostrar uma coisa.

Peguei minha carteira, carregava-a no bolso traseiro da calça, que ainda não havia tirado. Soltei o velcro que a fechava e procurei pelo compartimento em que estava o bilhete de transporte, tirei-o e virei-o. A parte de trás do documento era uma colagem de fotos de Madonna e Lily Munster e, embaixo, escondido, um recorte solto que ninguém podia ver. Tirei-o com cuidado e o entreguei para Jay.

— Sabe quem é? – perguntei-lhe, agora, sim, tremendo um pouco.

— Não sei. Quem? – perguntou com verdadeira curiosidade e sem pressa.

Tinha adaptado seu corpo para expressar proximidade, não desejo, e logo senti que respeitava minha necessidade de falar e que se abriu inteiramente para o que tivesse que lhe dizer.

— É Alessandra Di Sanzo, a protagonista de um filme italiano, de dois ou três anos atrás, a que assisti faz pouco tempo, se chama *Delinquência atrás das grades*

– *Mary para sempre*. O título original é *Mery per sempre*. Ela é transexual.

— Achavava que era uma moça.

Ele me olhou muito fixamente para me dizer isso. Creio que naquele momento entendeu tudo e não era preciso mais nada, mas aquela conversa começava a ser mais para mim do que para ele. Era meu acerto de contas com a palavra falada, com dizer em voz alta, com nomear-me pela maldita primeira vez na vida.

— Acha-va. Se diz "achava", não "achavava". E, sim, é uma moça.

— Achava.

— Isso, achava. No filme, sua personagem começa sendo um cara que se prostitui vestido de moça... Prostitui, puta... *hooker*. – No verão passado, em Benidorm, tinha aprendido como se dizia puta em inglês. – Por culpa de um cliente, acaba na prisão, *jail*, e ali conhece um professor... Bem, isso não importa. É um cara que quer ser uma moça e...

Jay sorria porque esse era seu gesto natural, mas estava sério e percebia como estava concentrado em entender cada palavra que estava dizendo.

— Mery, me ajuda! – Costumava me confiar aos recortes, cartazes e pôsteres que guardava como coisas valiosas, como se fossem santinhos que cuidavam de mim. – Ela, ele, ela conta no filme que sabe que nunca terá uma vida normal, que ninguém vai esperar por ela em casa, que não terá filhos, coisas assim. Em italiano diz *"io non sono carne né pesce, io sono Mery, Mery per sempre"*. – Nunca pude pronunciar essa frase em voz alta sem chorar. Tampouco pude evitar fazer isso na penumbra do quarto com Jay. – Também não sou carne nem peixe, Jay. – Agarrei seu rosto com as mãos e o aproximei do meu. – Gostaria de poder pronunciar um nome para mim em voz alta, um que me caísse bem, mas não tenho. Tenho muito medo de ser assim e tentei evitar isso. Nunca mostro meu corpo porque está se transformando em um labirinto de carne que apodrece e do qual não sei sair. Eu me esforço muito para me adaptar ao que se espera de mim, interrompo meus sonhos me dando uma bofetada. Você não sabe o que é dar uma bofetada em si durante a madrugada porque acorda em meio a um sonho no qual a única coisa que está fazendo é dançar rodeada de estrelas e olhar-se em um espelho mágico que te devolve uma imagem maravilhosa. Posso enganar os demais e faço isso muito bem. Mas isso-continua-aqui. – Soltei sua cara e enfiei as unhas das duas mãos no peito para dizer: – E isso não passa, Jay. Não passa nunca. Sou como minha vizinha Margarida, sou como a Sarita, amiga de

Antônio, sou como Mery, acima de tudo como Mery, vivo entre dois mundos sem que ninguém me espere em nenhum dos dois. Mas não tenho a coragem que elas tiveram, Jay. A vida toda serei isso que você vê, Alejandro, Álex, Álex *per sempre*. E ninguém pode me salvar.

Jay agora chorava devagar comigo, sem se alterar a respiração nem as feições. Não tinha entendido nada, mas entendera tudo. A primeira intenção daquela confissão era a de me abrir diante de meu primeiro amor e comparecer ao que seria nosso único encontro seguro com a nudez que se deve a um verdadeiro amante. Conforme avanço, deixo de ser algo que eu lhe oferecia para ser algo que tinha que dizer para mim mesma em voz alta. Disse o que tinha que dizer consciente de que Jay se perderia em palavras e frases complexas demais para seu conhecimento do idioma, confiei que meus olhos e meus tremores completariam os espaços em branco. Jay deixava cair lágrimas por seu rosto uma atrás da outra, chorava em silêncio. Tinha me separado dele e voltava à cama para falar com ele. Feito isso, foi uma solidão e um frio e um alívio azedo, similar ao que se experimenta depois de vomitar, no qual não se pode evitar o gosto ruim na boca.

— Vem a meu lado. – Deu uns tapinhas no colchão com a palma da mão para me convidar a me aproximar. – Eu não posso salvar, nem esperar em casa, nem assim. Não a vida toda. Toda a vida. – Tirava as palavras de dentro de si como se estivesse agarrando torrões de barro. – Mas essa noite, posso sim. – Abriu os braços e me acolheu entre eles. Confiava nele, mas jamais esperara viver um momento assim. Me beijou na bochecha uma vez, duas vezes, três vezes, avançando até a orelha. Quando a teve ao seu alcance, acariciou-a com os lábios e sussurrou: – Nunca te chamarei mais de Álex. Para mim, se você quiser, te chamo de Sempre. Apenas Sempre.

O que aconteceu depois foi recuperar o tempo e fazer um empréstimo, que em algum momento eu teria que devolver multiplicado por cem. O maldito tempo, aquilo que é arrancado de mulheres como eu. O tempo de ser menina, o tempo de ser adolescente, o tempo dos amores difíceis, o tempo de chorar por imbecis, o tempo de fazer amigas, discutir com elas e fazer as pazes logo depois, o tempo de dançar como loucas, o tempo de aprender a ser mulher sem interrupção. Nada disso acontece no momento devido, ou acontece em doses que temos que roubar do destino e consumir avidamente, como se bebêssemos de poços no meio do deserto, sabendo que entre um e outro vamos morrer de sede.

Naquele crepúsculo, naquela noite nascente, estar com Jay foi como caminhar descalça sobre grama fresca, sem gravidade, sem pânico, sem desembaraçar madeixas de drama para me sentir viva. Tê-lo dentro de mim e escutá-lo rir, porque ria quando transava, era de morrer e parar por ali, porque nada do que fosse encontrar na vida seria melhor do que aquilo. Fez de tudo e fez tudo bem, ou exatamente como eu precisava. Ser homem, ser mulher, não ser nenhuma das duas coisas, é algo que não se pode experimentar nem construir a sós, meu corpo de mulher precisava provocar desejo por si mesmo, ser definido por mãos que o quisessem, mover-se com liberdade, como se dança, e provocar as respostas adequadas. Aquilo foi ser adolescente pela primeira vez, sem nada a objetar, sem sombras na parede, sem vozes ásperas gritando humilhações no meu ouvido. Descobri que, embora fosse esquiva e breve, a euforia de gênero existia e irrompeu em mim por todas as partes. Naquele quarto, durante aquele encontro, não quis ser outra, mas eu mesma pela primeira vez na vida.

Profecia autorrealizável

Você sabe que ama sem complexos quando deixa de temer os gestos que te delatam como amante. E, se não deixa de temê-los, pelo menos baixa a guarda e se permite uma variação maior de movimentos. Naqueles anos de vergonha, isso nos ensinou uma lição definitiva sobre vidas de primeira e vidas de segunda. Jay costumava vestir o quimono diante do espelho, com a confiança própria de quem adora seu próprio corpo. Eu fazia o mesmo sentada em um banco e sem nunca tirar a camiseta de dentro. Chegamos rapidamente ao ginásio, era um costume que adotamos para nos trocar a sós. Tínhamos muito cuidado com o que nossos corpos faziam sob esse teto úmido e comido pelo mofo escuro, jamais nos tocávamos e nos limitávamos a nos olhar com cumplicidade. Mas quando alguém ama, ou acredita que ama, e tem apenas catorze anos e passou a maior parte deles levantando defesas duríssimas de como se manter, mais cedo ou mais tarde comete um descuido que, para vidas como as nossas, sai muito caro. O vestiário estava em silêncio e a porta da entrada rangia ao ser aberta, anunciando quando alguém entrava, de forma bastante ruidosa e desagradável. Me aproximei de Jay por trás e dei-lhe um beijo na nuca, um beijo breve, dos que não fazem barulho. Ele virou a cabeça e a inclinou para trás, recostando-a sobre a minha. Ao entrar, não tínhamos percebido que dessa vez a porta não tinha feito barulho. O dono, o mestre, que mantinha o lugar como uma pocilga, para dar-lhe um ar de austeridade, decidira que aquele era um bom dia para lubrificar as dobradiças. Apenas se ouviu um "nossa". Não me atrevi a olhar, fechei os olhos e fiquei ali como se alguém tivesse tirado a minha roupa e me iluminado com um canhão de luz de teatro. Os fantasmas que me acompanhavam tentaram me cobrir de vergonha, mas não conseguiram fazê-lo com seu corpo de vapor. Logo eu seria outra história como a deles.

"É maravilhoso ser como nós." A voz de Antônio diante de sua parede de mortos felizes se desvanecia no barranco em que minha mente se transformara. Não era. Não seria. Quis defender nossa beleza com palavras bonitas, quis saber como se utilizava o orgulho, a ira, o amor-próprio. Como usar algo em que nunca se chegou a acreditar, como, se toda vez que falam de você e das suas invocam o que é tóxico? Tudo que foi belo e nos tocara alguma vez se precipitava pelo barranco sem que minhas mãos pudessem fazer outra coisa a não ser tremer. Longe das mãos esculturas de Jay, voltava a ser alguém indesejável e sem capacidade para resistir, que concedia aos demais o poder de destroçar minha vida com um olhar. Abri os olhos, estava diante do espelho, Jay voltara ao banco perto do armário para terminar de se preparar, como se nada tivesse acontecido. O espelho me devolveu o olhar da Margarida, seu mundo estreito, suas fronteiras e suas advertências.

O delator que botou a maquinaria corretiva para funcionar, um monitorzinho que derramava toda sua incapacidade para viver uma vida real funcional naquela pantomima marcial, a "mão direita" do mestre, um canalha com autoridade em vinte metros quadrados, estava olhando onde não devia, quando não devia, e com o que viu acreditou ter o suficiente para afirmar sua parcela de poder. Encarregou-se de fazer com que a família de Jay soubesse do que acontecera; pela reação que tiveram, provavelmente transformaram nosso gesto de ternura em um relato de saliva e sodomia animal, era o tipo de pessoa que precisava ver o prazer e o amor dos outros como atos asquerosos, porque ambos eram vedados para ele. Não disse nada para minha família. Tentou buscar certa cumplicidade comigo graças ao *imenso favor* que achava que tinha feito para mim ao não contar para os meus pais e afastando de mim a tentação do corpo sagrado de Jay. Ao recusar essa cumplicidade, o favor se converteu em um ás na manga para a chantagem e o controle.

Assim como o encontrei, o perdi. Um princípio e um fim de vestiário. Desde aquela noite na casa de Antônio, nos vimos poucas vezes e seguindo as regras habituais: encontros curtos, discrição e poucas palavras. Como prometera, nunca voltou a me chamar de outro modo que não fosse Sempre, nem quando havia outras pessoas perto, como no ginásio. Nem sei situar qual foi a última vez que nos acolhemos entre os braços. De um dia para o outro, Jay desapareceu e cresciam serpentes no meu estômago pensando nas consequências de como isso podia implicá-lo. Em vez de dirigir todo o desprezo e desagrado de que era capaz contra o responsável por aquela dor, alguém que interveio em nossas vidas porque quis e porque pôde, me dediquei a repassar todos e cada um dos movimentos em que eu tinha errado. De novo, todos os aprendizados sobre a culpa e o desvio se fizeram presentes. Toda nossa educação era feita de advertências, alertas e maus agouros cuja única finalidade era jogar na nossa cara um "eu avisei". Ninguém devia crescer pensando que, o que quer que você faça, acabará errando de um modo fatal. E ali estava eu, fazendo meu coração sagrado à força de punhaladas e fogueiras, sem escapatória, retrocedendo cada passo que avançara, fechando o armário por dentro, dando bofetadas em mim mesma pelas noites e pedindo ajuda à roda de mortos que guardavam as arestinhas de minha cama, pálidos, translúcidos e tristes. O silêncio e a incerteza se enroscavam em minha garganta e me constrangiam um pouquinho mais a cada dia. Terminei o ano letivo a duras penas.

Não tive como me comunicar com ele. Sabia seu endereço, mas mandaram-no viver em outro lugar, não tínhamos amigos em comum que pudessem me ajudar. Pensei em pedir ajuda ao Antônio, poderia ter utilizado algum recurso adulto, mas não me atrevi a voltar lá sozinha. Eu me apagava um pouco todo dia e não era uma questão de desamor, ou não somente disso. Não era um coração partido de adolescente chafurdando em seu drama sem importância. De súbito, tinha amadurecido o suficiente para saber ler a situação em toda sua complexidade. Operavam a vergonha, o temor pela segurança do outro e a impotência de nunca poder ganhar. Minha vida, as relações com meus seres queridos, minha imagem pública, tudo dependia do capricho de um sujeito abominável convencido de sua glória. Me passou pela cabeça lhe oferecer qualquer coisa por seu silêncio, tinha certeza de que ele aceitaria uns boquetes por isso, mas talvez exigisse mais, então preferi aceitar a incerteza de sua discrição a atender às necessidades de um merda do qual nunca teria me aproximado em condições normais.

Com uma rachadura aberta em minha saúde mental, que adiantaria o fracasso e o isolamento dos anos posteriores?, deixei os meses passarem. A angústia se transformou em mais autodesprezo, o medo continuou sendo medo, a dor se transformou em uma névoa espectral que me devolveu às profundezas, de onde podia ver a vida, mas de novo não podia tocá-la.

Acabou-se a excelência nos estudos, acabou-se a cara amável de meu armário, continuar vivendo consistia em deixar tudo ir embora. Minha família estava muito ocupada se matando de trabalhar para reparar em minha decadência. Quando ela ficou óbvia demais, já era tarde para intervir e tornara-se minha pele.

Às vezes encontrava com Margarida no bairro, tinha se deteriorado muito desde a morte de sua mãe, nunca recuperou aquela faísca de poder travesti que cheguei a ver nela, de coque para o alto, bochechas rosa e lábios marrons e brilhantes. Fiquei tentada a falar com ela várias vezes, acredito que teria me compreendido ou pelo menos escutado com amor. Mas o abismo que se abrira entre mim e o mundo era intransponível. Era apenas mais outra bichona amarga, outra transexual derrotada cedo demais, outra travesti trágica, outra história sem importância de alguém que ninguém gostava e nem saberia como ajudar. Carne de linha de metrô. Durante esse ano, foi a primeira vez que pensei com seriedade em triturar minha carne por baixo das rodas de ferro.

Jay foi se desvanecendo de minha memória e adquirindo a tonalidade das coisas que nunca existiram. Sua lembrança sobrevivia dentro de mim, mas ele não. Era estranho perder o rastro de seu tato, de seu aroma e de sua voz e ao mesmo tempo tê-lo assim presente ou tão ao alcance em algum lugar de minha mente. Porra, foram apenas oito ou nove encontros. O sujeito que nos partiu pela metade nunca chegou a me revelar, quis pensar que teve o mínimo de vergonha em seu juízo. De minha parte, a lição fora mais do que aprendida. Se queria ter algo parecido a uma vida, tinha que ser fora dos olhares da normalidade, às escondidas, minimizando a possibilidade de violência corretiva do ordinário. Dali em diante, tomei a decisão de me deixar levar pelas marés até que acontecesse algo melhor ou até que me cansasse. Mentindo, atuando, desconfiando e mantendo-me a salvo no lúgubre castelo de minha solidão.

Se alguma esperança restou daquilo tudo, para mim foi pensar em Jay refazendo sua vida onde quer que estivesse. Sempre soube que nossa entrega fora desigual e jamais pensei que morreria de amor por mim, teria sido de mau gosto. Depois que passasse o desgosto do incidente na família, imaginá-lo superando os obstáculos do tenente Nichols e saindo da linha era algo que aliviava uma parte importante das minhas espirais de pensamento envenenado. Jay era um espírito sensual e esquivo, era Bagoas, o bailarino persa, capaz de sobreviver ao próprio Alexandre, o Grande, como não sobreviveria a mim?

Noturno

Cheguei pontualmente ao páramo das cinco esquinas, estava com um vestido de água bem justo e as asas meio abertas, como era adequado para aquela hora, quando as esferas ainda não cantam, mas já se deixam ver. Era minha primeira minguante gibosa em Leão e a sexta reunião com outras criaturas do bosque do verão de Antares. Os saltos de obsidiana me machucavam um pouco por falta de costume, mas, assim que espreguicei as asas e consegui aliviar a carga de meus pés, esse incômodo desapareceu e pude exibi-los com a leveza que se esperava de mim.

O espaço se encheu rapidamente e nos juntamos entre nós, asas com chifres, colunas dorsais com cascos fendidos, peles de fogo com camadas de musgo. Assim que a rainha corcunda saiu, derramou sua luz dentro de nossas bocas e lhe entregamos nossa alma imortal, como era preciso ser feito, para que o baile começasse. Um sabor que não chegava a ser amargo se espalhou por minha língua, e nessa altura todos eram apenas corpos reagindo à demência lunar, à música das esferas, à dor, ao prazer e a cada um dos passos que são percorridos entre ambos. Quis me aproximar até o vazio para olhar de frente a grande maga sem ficar cega, mas as correntes internas da dança ao som do sistro da madrugada e os jogos tectônicos das carnes me levaram de um lado para o outro sem que minha vontade tomasse partido. Para chegar a olhar tudo o que move, era preciso participar da dança por vidas inteiras; desisti de meu esforço, fechei minhas asas, a dor da obsidiana retornou. Entreguei-me às ferroadas de algum dragão que tinha cheiro de carne fresca naquela noite, me perdi no ritual até que uma sacudida me arrancou dele. Uma voz por trás de mim, a de um homem que colocara a mão sobre meu ombro direito, me perguntou se eu estava bem. Lentamente desfiz nossa união, dei a volta, beijei-o bem devagar e fundo, com a cadência do abandono e da paixão cansada do agradecimento, tinha gosto de dragão. Não lhe disse nada, nem voltei a tocar nele. Saí daquela escuridão quente e subi à região que estava iluminada. Morria de sede e não sabia se procurava o banheiro para beber água ou se buscava a saída para ir embora. Fiquei um momento de pé em meio àquele espaço, um pouco menos lotado do que o que deixara para trás, aterrissando em uma lama fria que pressagiava um amanhecer ruim. Perguntei a hora, com um gesto de dedos sobre o pulso, a um andrógino e tristíssimo deus Hermes, que abraçava com o corpo todo um alto-falante no qual tocava "Better Things", do Massive Attack. Me olhou profundamente e não me disse nada, apenas movia a cabeça bem devagar, tentando acompanhar a música sem êxito, como se estivesse escutando outra dentro de si. Sua distância me deixou com tesão e me propus a arrastá-lo até a escuridão e devorá-lo, mas os ardores do estômago me lembraram que estava atada a essa maldita terra e que precisava descansar. Antes de sair dali, voltei a olhar para ele, talvez tivessem nos expulsado do mesmo baile e ele também não conseguira olhar para o rosto da rainha corcunda.

O amanhecer estava próximo quando eu descia pela Gran Vía rumo à fonte de Cibeles, a tentação de pegar um ônibus noturno nunca teve chance contra minha necessidade de caminhar, mesmo que estivesse morrendo de sede, cansaço e dor nas entranhas. Do centro de

Madri até meu bairro, levava uma hora e meia andando rápido. Assim como correr, caminhar era uma maneira de sentir que não estava em meio a um mundo que girava ao meu redor com tal fúria que não me deixava me mover, que a vida não era um redemoinho impossível de atravessar. Caminhar era deslocar-me, fazer algo, opor certa resistência a uma moleza que me devorava viva.

Eu costumava esperar chegar ao meu bairro para me trocar, mas meus pés não aguentavam mais, estava com uma calça muito justa, de vinil falso, um salto agulha preto, simples, mas não muito alto, de cinco ou seis centímetros, e uma camiseta rasgada do Nirvana, que comprara em um mercadinho de Alfaz del Pi uns verões atrás. Vestia-me com a feminilidade que aplacasse bem minhas pulsões por alguns dias mais, mas com ambiguidade o suficiente para poder me passar por bichinha *dark* se fosse preciso.

Um pouco depois do ponto em que a rua Alcalá vira a O'Donnell, na calçada que se estende junto ao Retiro, me sentei em um banco para trocar de calçado, eu carregava uns tênis pretos na mochila junto com o resto da roupa para chegar em casa. A vontade de vomitar me invadia em ondas, sempre que tomava *ecstasy* sentia isso, mas já tinha aprendido que fazê-lo nessas condições piorava o mal-estar ao invés de aliviá-lo. Com o estômago vazio e sem ter bebido água, a única coisa que subia pelo peito era um líquido com o sabor da desgraça.

    Enquanto amarrava os cadarços dos tênis, um homem parou diante de mim, bem perto, e ele vestia um poncho, como Robin Williams em *O pescador de ilusões*. Tinha abaixado as calças e agarrava um pau aflito ao qual parecia estar fazendo uma massagem cardíaca para devolvê-lo à vida. Supus que o pobre diabo nutria a esperança de que minha presença o ajudasse com seu milagre de ressuscitação, mas Deus quase nunca está presente quando o esperamos, porque ele é escuridão e teve que criar a luz bradando no abismo para poder ver algo além de si mesmo e suas trevas. Acompanhei com um olhar indiferente as manobras estabanadas daquele homem lúgubre, em algum momento parecia estar gostando muitíssimo de minha atenção, mas não chegava a alcançar a glória marinheira. Pasolini teria se regozijado com aquilo como um menino na manhã do Dia de Reis. Sem deixar de olhar, comecei a retirar minha maquiagem com as toalhinhas que sempre carregava nas costas; não era algo fácil, me maquiava com generosidade para dissimular uma penugem facial dura e espessa que se estendera pela minha cara como uma infecção que me machucava, atritando. Gastava uma boa quantidade de toalhinhas até deixar minha cara mais ou menos limpa; o batom saía com facilidade, embora deixasse um rastro vermelho ao redor da boca que parecia uma erupção, a sombra de olhos também cedia logo, mas o rímel e o delineador resistiam bastante. Sempre aparecia em casa com restos de cor preta nos olhos, mas não me importava com isso. Minhas justificativas eram Christian Death, Lacrimosa e minha precoce conversão ao gótico, uma forma aceita e maravilhosa de travestir-se em público que recebia julgamentos um pouco menos violentos, algo que se fazia apenas por necessidade ou por glória.

Quando a sombra azulada da barba começou a aparecer em minha cara, o rei pescador retirou o anzol imediatamente. "Mas é uma bicha!", disse mais com decepção do que com ira, e se afastou subindo as calças com pouca destreza, caminhando como um duende se esquivando de um monte de bosta.

Sim, aquela foi uma dessas noites em que precisava ser uma bicha ou o que fosse naquele momento. Eram meus fragmentos de vida a sós, meus passeios em busca de algum tipo de conexão ou esquecimento que me retirasse da vida ordinária, a solar, a que renunciara como se renuncia a lutar contra as marés, deixando que suas idas e vindas fizessem comigo o que quisessem. Naquelas noites, contadíssimas, percorria as possibilidades do meu corpo da pior maneira, chamando aos trancos e barrancos a mulher que era e que não era.

    Adentrava a vida adulta sem esperança. Durante a plena adolescência, depois do final ruim de minha primeira história de amor, tomei consciência de uma realidade da qual não podia me desfazer, a de mentir para não sofrer. Então se abriu à minha frente um caminho bífido, por cujas trilhas transitara desde a infância e que acabou sendo o único disponível para mim ao crescer. Poderia ter lutado de outro modo, ter sido mais valente, mas não fui; pois, no momento de minha vida em que estava acumulando coragem suficiente, orgulho suficiente e beleza suficiente para reivindicar-me como uma jovem orgulhosa, sofri com a chantagem e a separação, que mais pareceu um sequestro, e tive pouquíssima capacidade para reagir ou me opor. Isso me situara novamente no plano dos medos infantis, da imaturidade que preferia viver a vida dos banheiros e das fechaduras, a da encenação da normalidade, a da supercompensação de uma masculinidade que nunca existiu, exceto como tragédia e como farsa.

    Cheguei na casa de meus pais por volta das sete e meia da manhã, terminei de trocar de roupa um pouco antes de subir, em um patamar que sabia estar ocupado por uma vizinha surda que vivia sozinha. Fazer isso aos dezoito anos era humilhante, mas a humilhação costuma andar de mãos dadas com a depressão. Parecer uma completa otária não me importava mais. A casa estava quase em silêncio, dava para escutar o chuveiro ligado e um radinho de pilha que minha mãe carregava com ela para tudo quanto é canto enquanto trabalhava dentro e fora de casa. Levantava com o rádio e dormia com ele tocando embaixo do travesseiro. Era a hora de seu banho nos finais de semana, uma hora ou duas mais tarde que nos dias de semana. Meu pai já tinha ido trabalhar, naquela época também tinha turno aos sábados na empresa; não havia entrega em domicílio, que é o que ele fazia, entregar aos clientes a mercadoria que produziam, mas tinha trabalho de sobra, como ajustar as impressoras, os cortadores de matriz e as guilhotinas ou arrumando o galpão. Dei uma espiada no banheiro onde minha mãe estava tomando banho para avisar da minha chegada.

— Já ia chamar a polícia para te procurar ou te dar como desaparecido, meu filho, isso são horas? – Disse, do chuveiro, com a voz abafada pela água. Estava aborrecida, mas acostumada. – Anda, vai dormir um pouco.

Respondi com um sorriso que não teve como ver e fui para minha cama. Essas pequenas broncas eram sua forma de me amar e assim eu as recebia, como uma bênção de Maria. Coloquei a roupa que tinha usado dentro de uma bolsa de plástico opaca, parecida com as de lixo, mas com alças. Apertei o máximo que pude, dando um nó e tirando o ar de dentro, colocando-a no maleiro de meu armário, no qual guardava livros velhos, pôsteres que não usava mais e um monte de coisas destinadas a terminar seus dias em um espaço assim ou em um sótão. Empilhei a bolsa com outras duas que tinham mais roupas escondidas e organizei o compartimento de tal modo que parecesse que a entropia continuava fazendo seu trabalho.

Botei uma camiseta velha para me enfiar na cama, era impossível dormir pelada; pois não conseguia me tranquilizar se estivesse consciente das formas de meu corpo, de como repousavam sobre o colchão, de seu roçar livre contra os lençóis ou de como sua tensão e seu peso se relaxavam e se repartiam. Uma vez vestida, não havia ansiedade que vencesse o sono depois daquelas noites de homens-dragão e dança. Demorava pouco para chegar ao além dos adormecidos. Antes disso, dediquei uma oração bêbada à minha família de fantasmas e caí no sono.

Não tem problema

Temia o julgamento de um deus invisível que se canalizava no olhar de qualquer pessoa, um espírito sagrado e caçador que pulava de corpo em corpo e girava ao meu redor como um abutre, esperando a rendição de um animal ferido. Sabia por que tinha começado a falsificar meu comportamento, a masculinizá-lo, quando era pequena; me lembrava das palavras e atitudes adultas que foram gravadas em meu quarto de jogos mental que fora calcinado. Sabia do meu medo da rejeição, sabia de minha vergonha. À medida que crescia, a vida se bifurcava inexorável, como placas tectônicas que se separam, não tinha forma de segurar as bordas e uni-las em uma existência lisa. Tinha certeza de que a cada tentativa de me reivindicar como a menina, a jovem ou a mulher que era, algum corretivo insuportável viria em seguida.

A experiência posterior a Jay não me ajudou a dissipar esse medo porque o corretivo era constante, diário, nas conversas casuais que escutava, nas piadas, nos filmes, na rejeição brutal do mundo adolescente, em tudo. Eu me lembro de uma concorrida festa de aniversário em que um tio meu, com a boca cheia de bolo, propôs uma diatribe aos homens da reunião, que eles escolhessem entre "tomarem no cu ou levarem um tiro", como quem mostra opções de sabores de sorvete, pensando que era uma pergunta pertinente, simpática e com a intenção de animar a tarde. Todos, sem exceção, todos os homens do mesmo sangue que o meu escolheram o tiro, com muita gozação, na maior bagunça, participando de uma brincadeira sem importância. Mas escolheram o tiro. As mulheres não foram cúmplices, todas nós explodíamos de desprezo e de vez em quando isso aparecia em nossa cara, por causa desse desdém pelo indivíduo que é penetrado, entendido como feminino e fraco, dando a entender que era preferível morrer a roçar a feminilidade. Elas podiam repudiar isso juntas, fazer com que eles vissem que eram uns palhaços ou que faziam umas perguntas de merda. Sentiam o mesmo desprezo, mas tinham uma sororidade que as amparava. Eu engolia a humilhação, como uma mulher isolada que não tinha com quem suportar tamanhas barbaridades, e como um homem que tinha se desviado, mas também como alguém que às vezes precisava tomar no cu para se sentir com vida.

Fingir a virilidade, ser o garotão que minha mãe sentia orgulho de ter parido e me esquivar do deus caçador foi o que me manteve a salvo das crueldades que, quando via aplicadas sobre outras, sabia que teriam sido insuportáveis para mim. Foi um ato supremo de covardia que se aperfeiçoava com a prática, um modo de autodefesa que vivia como se traísse os meus fantasmas. Se era verdade que existia um orgulho para nós, eu não merecia senti-lo. Mostrar-me como um homem para sobreviver era um privilégio, e ter consciência disso me mordia a ponto de doer fisicamente. As enxaquecas começaram a aparecer e não me abandonaram, os espasmos musculares me comiam e não conseguia relaxar. Com o uso do privilégio, da masculinidade, carregava a penitência das noites de ninfa que se oferecia aos homens-dragão para buscar um corpo que não lhe desse nojo, purgar aquelas madrugadas quando amanhecia tinha se transformado em uma obsessão. O medo e a claustrofobia conduziam minha vida sob o sol, me obrigavam a armar um cadáver que pudesse deixar abandonado na beira do mar à vista de todos, à mercê das marés da vida diurna. O mesmo sol falava comigo no ouvido toda manhã e me dizia: "Continue cavando sua cova, filha da puta mentirosa, continue cavando."

Esse sol dos homens triunfantes não apenas me obrigava a me masculinizar, mas também a me embrutecer. Copiei do meu pai a forma de comer, a de um homem que conhecera a fome e não costumava perder tempo com maneirismos. Aperfeiçoei sua forma de dar mordidas, grandes e jogando-se ligeiramente sobre a comida, como um predador faria com uma presa. Extraí de meu irmão sua linguagem corporal hipermasculina, sempre foi um sujeito atraente que gostava muito de garotas e que era admirado pelos homens. Fiz minha própria versão de seu modo de se mover, um pouco mais austera, com menos soltura dos gestos. Roubei de meu tio Jacinto o jeito de me sentar e me levantar, era pedreiro, enorme e de pavio curto. Ele desabava sobre os assentos e se levantava depressa, como um grande símio faria ao reagir a uma provocação. Compus o restante de meu cadáver com os amigos da escola e do colégio que tentei conservar, mais como escudo do que como uma verdadeira aliança, outra parte do mesmo teatro da morte.

Mas é que não havia esperança, e quando aparecia uma fresta dela, não demorava para chegar uma resposta descomedida de escuridão. Se habitar um corpo que não sabia interpretar, que me asfixiava com suas estreitezas, condicionava assim cada passo que dava, a translação que essa estreiteza dava à vida ordinária, o ínfimo que o mundo fazia com uma mulher como eu, transformava a vida em uma bobagem.

Quase aconteceu um milagre de confissão com um daqueles amigos de conveniência e costume, com quem cheguei a estabelecer algo parecido com um vínculo. Uma noite em que bebemos juntos e falamos com calma, roçamos a profundidade de conversa que nós mulheres alcançamos entre nós, mas que custa tanto para os homens; e eu o trouxe para meu terreno, e parecia bem-disposto a escutar coisas difíceis. Até então, sempre me parecera o melhor de todos eles, amável, inteligente, pouco dado à crueldade e compreensivo. Propus que voltássemos para o bairro dando um passeio longo e ele gostou, estávamos em Malasaña, e no caminho de volta teríamos que atravessar Chueca, que em poucos anos tinha se transformado no bairro gay, bandeira da Madri institucionalmente tolerante. Ali pensava em averiguar sua amizade e soltar algumas verdades a meu respeito, as mais fáceis de assimilar; pois se tinha algo de que precisava naquela época era de uma aliança, mesmo que fosse pouco afetuosa.

Não chegou a acontecer.

— Não é melhor irmos pela Génova, atravessamos a Colón e assim chegamos antes à rua Alcalá? – propôs com a intenção de corrigir a rota que eu tinha sugerido intencionalmente.

— Eu prefiro ir por Chueca, Cibeles, Alcalá e O'Donnell, é mais agradável, assim passamos por fora do Retiro, pela Fuente del Berro e pela Marqués de Corbera, que a essa hora está bem silenciosa, acredita em mim – respondi.

— É que prefiro não passar por lá, cara.

— Por onde?

Não sabia a que se referia e me preocupei, talvez tivesse acontecido algo com ele em alguma dessas regiões, algo que lhe dava aflição ou medo, e não me contara.

— Pelo bairro das bichas.

Soltou assim, como poderia ter se referido antes a qualquer outra coisa durante a tarde que tínhamos passado juntos. Sem usar um tom especificamente depreciativo. Com a normalidade com a qual os homens sentenciam o que os ameaça e botam limites.

— Mas, cara, como assim? Não sabe que se chama Chueca?

Naquele momento já escutava em minha cabeça mais uma batida violenta da porta do mundo diurno, nem chegou a ser decepcionante, mas foi inevitável a mordida de vergonha e a derrota no peito.

— É que não gosto de bichas, porra. É isso. Não tem problema. Vamos por outro lugar.

E não, não tem problema, nunca tinha problema. Da mesma forma como acontece aos quatro ou cinco anos, quando você já intui que algo é diferente em você, escutando frases que doem, de seus pais ou vizinhos, sem que saiba por quê, e nunca as esquece, frases ditas com tanta normalidade que se transformam em alambrados que te impedem de andar e limitam seu mundo para sempre, assim também aconteceu com o amigo que não foi. Não gostava de bichas, assim como não gosta de alho-poró ou de torrone. Uma frase que, em sua tranquilidade, fincou mais um prego no armário e mais uma costura em meu cadáver andante. Meus medos e minhas intuições, por mais extremos que fossem, não se equivocavam. Lá fora não havia ninguém em quem confiar.

Porcão

Você podia achar que aguentava tudo até contemplar a si mesma girando um cachecol enquanto faz *lipsync* do coro "Aí, sim, Real Madrid" na geral do estádio Santiago Barnabéu, na tarde posterior a uma noite daquelas. Com dor na ponta dos dedos, na ponta da língua, na bunda, no orgulho e com sintomas de uma desidratação um pouco mais que incipiente. Era uma situação tão ridícula, tão imbecil, que não merecia a categoria de tragédia. Poucas vezes conheci uma tristeza tão profunda em um ambiente tão nada a ver, tão pouco apropriado para estar morrendo por dentro, um ambiente no qual, acima de tudo, escolhia ir voluntariamente.

Dos rituais absurdos aos quais me submetia para sustentar a fachada, o mais incompreensível era o de fã de futebol. Deixar-se levar pela maré tinha um preço, às vezes era o puro sofrimento e, em outras, era o de ver-se envolvida em rituais bobos, como os de um teatro medieval de paus e peidos, sem poder fazer nada além de seguir a corrente até que terminasse e depois lamber as consequências a sós. Comecei dizendo sim ao convite de um amigo que conhecia desde o ensino médio e acabei indo com certa regularidade. Nunca me senti confortável entre homens heterossexuais, mimetizava como podia e trazia à tona o histrião que construíra durante toda a vida. Aquele ambiente era desagradável e avassalador. Incomodava-me muitíssimo que o futebol fosse o entretenimento irremediavelmente associado à classe trabalhadora, e me repugnavam os jornalistas que contavam histórias melosas de jogadores de futebol levando a esperança para seus bairros de origem. Aquilo me parecia mais outro esquema masculino para impor seus entretenimentos como fenômenos de massa incontestáveis. No tempo em que frequentei aquele estádio de futebol, a única coisa que vi foram poucas mulheres e muitos rapazes, filhos de trabalhadores, que começaram cantando músicas de torcida e acabaram com a cabeça raspada e fazendo a saudação romana.

Era uma partida de campeonato entre o Madrid e o Barcelona, um clássico, um dérbi, ou sei lá como se chamava aquilo. Eu estava péssima, meio doente e com a ansiedade engatilhada. Nesse dia aconteceu uma situação pouco habitual, eu não estava apenas com um de meus amigos do bairro e seus conhecidos no estádio, mas também com meu pai, que não se manifestava muito no estádio, mas não queria deixar de ir a uma partida tão importante. Eu me sentia um pouco melhor se ele estivesse comigo, lidava bem com as aglomerações e gostava de vê-lo feliz. Não tínhamos muitas oportunidades para fazer coisas juntos, ele sempre teve mais coisas em comum com meu irmão, era lógico. Aliviava um pouco minha dissociação ir a uma partida de futebol ou assistir pela televisão com ele, era bonito estar ao seu lado em um contexto que ele curtia tanto. Abraçá-lo ao comemorar gols era uma forma de senti-lo perto, como quando eu era pequena; quando você se passa por homem, não tem tantas oportunidades para abraçar seu pai, embora esteja desejando isso. Esse espaço compartilhado justificava um pouco aquele tempo miserável de autoflagelação.

Costumávamos encontrar, ou talvez tenha sido duas ou três vezes, um sujeito que chamavam de Porcão, uma dessas pessoas que você nota apenas com os sentidos que permaneceram enterrados sob camadas de evolução e que somente despertam algumas vezes durante nossas vidas para nos alertarem sobre ameaças importantes. Foi exatamente essa vibração que me percorreu quando me apresentaram o Porcão. A de um perigo latente. Era conhecido de alguém que morava perto de um amigo meu. Mais um com quem o azar te obriga a socializar, mas do qual, em condições habituais, você jamais teria se aproximado. Ficou bem calado desde que nos apresentaram e apenas interveio nas primeiras conversas durante o percurso do metrô do San Blas até Cuzco. Limitou-se a permanecer ao lado do grupo, com as mãos nos bolsos de sua jaqueta verde, a cabeça baixa, mas não muito, apenas inclinada para frente como se tentasse olhar com agressividade. Tinha o aspecto de uma pessoa que escuta em *looping* a abertura de *Carmina Burana* em sua cabeça. Parecia ensimesmado, mas não em paz. Era de baixa estatura, muito corpulento, de cara bem arredondada, com olhos pequenos, puxados e azulíssimos. O nariz, que claramente se associava com seu apelido, era quase inexistente, tão levantado e chato que deixava as fossas nasais descobertas, praticamente verticais. Apresentaram-no a mim como Porcão e não quis chamá-lo assim de jeito nenhum, insisti que me dissesse seu nome de batismo, ou alguma outra opção, e limitou-se a dizer: "Nã, Porco está bom."

Porco, então.

Foi apenas pisar no estádio que aquele cara silencioso se transformou em uma gárgula vociferante que só se calou durante o intervalo da partida para comer um sanduíche e tomar uma cerveja. Não se limitava a torcer para seu time, nem a insultar os rivais da pior maneira, ai dos jogadores negros do Real Madrid se falhassem em um passe, perdessem a bola ou chutassem para longe do gol! Listou a gritos uma variedade de primatas que teria surpreendido Jane Goodall. O ponto é que diante disso ninguém reagiu com a menor vergonha. Nem um sinal do público supostamente são e dos bairros que iam ao estádio em família. Se você já foi ao estádio de futebol mais de dez vezes, sabe que condutas assim são mais do que habituais, o que não esperava é que fossem as pessoas com as quais eu ia, que, embora não fossem modelos de comportamento, também não imaginava que fossem colaboracionistas, rindo dessas piadas e, assim, incentivando-as ainda mais. O único dentre eles que era mais ou menos meu amigo parecia se divertir ainda mais que os outros.

"Você foi longe, Porco", disse-lhe, cúmplice, botando a mão em seu ombro depois de uma enxurrada especialmente violenta de xingamentos. Ambos caíram na risada.

O Madrid ganhou essa partida e a galera enlouqueceu, todo nosso grupo queria se aproximar da fonte de Cibeles para comemorar, que, para mim, apenas tinha um significado especial quando estava vazia e passava por ela voltando para casa de madrugada. Horrorizava-me a ideia de que a deusa pela qual, na noite dos tempos, os femininos coribantes dançaram e sangraram nos flancos do Dyndimon, minha rainha, a que observava, de sua pedra, o triste caminho de retorno de meus próprios mistérios, fosse o centro de comemoração de uma romaria de homens sem dança. Cibele era a guardiã dos emasculados, dos hermafroditas e dos eunucos, a mãe dos que renunciavam à masculinidade grotesca e abraçavam a ferocidade das mulheres.

O Porco estava contente, mas parecia furioso.

Sempre me assustou como esses dois conceitos parecem ter a mesma aparência quando exteriorizados por alguns homens. Da mesma forma que cantava o hino do Madrid, gritava "puta Barça" e "puta Catalunha". Era uma arrogância horrível e doentia que era assustadora de ver de perto. Em uma de suas convulsões fanáticas, decidiu que era pertinente me levantar com seus braços; se agachou, me rodeou com eles, fechando as mãos na altura da minha bunda, quase colocando sua cara em minha pélvis, e ergueu-se comigo em suas costas. Fez isso com muita facilidade, bestial. Enquanto me segurava, fazia o gesto de trepar comigo como se fosse um cachorro, exagerando os movimentos da pélvis e gemendo exageradamente. Senti-me incomodadíssima e invadida, à mercê de um sujeito que não estava fazendo aquilo como um jogo ridículo que faria com outro homem, aquele bruto tinha um instinto predatório afiadíssimo e essa foi sua maneira de me marcar e me humilhar. Vi claramente. Apesar de eu me retorcer e espernear, ele me colocou para baixo quando quis; de volta ao chão, o olhei com todo o desprezo que cabia em minhas pupilas, e ele devolveu o olhar, rindo às gargalhadas. Estava prestes a chorar, a raiva se agarrou à base do meu pescoço como um vômito que não conseguia sair. Inibi meu choro como pude. Não queria chorar na frente dele, merda. Ficamos assim, quietos e vigiando-nos até que meu pai apareceu, me deu três toques nas costas e disse com firmeza:

— Vamos para casa.

Nunca o agradeci tanto por ter tomado uma decisão por mim. Meu pai sempre fora um protetor nato, minha mãe também, mas ela o fazia de forma mais chamativa, como uma felina grande e barulhenta capaz de morder os céus para nos isolar de todo mal. Meu pai, ainda que pequeno de tamanho, sempre teve a altivez de um grande paquiderme, era um muro entre nós e o que nos ameaçasse. Tinha uma energia muito contundente que convencia qualquer um de que não era uma boa ideia testá-lo.

Não sei o que meu pai viu naquele dia, mas agiu logo e sem dar espaço para outras possibilidades. Não interveio como um pai de um filho adulto, creio que percebeu um desgosto muito frágil em minha expressão, não sei. Ninguém chegou a insistir para que ficássemos, não deu tempo, me agarrou pelo braço e já estávamos longe da multidão no que me pareceu um instante, voltando para casa sob os postes de luz da rua Concha Espina.

— Não anda com esse tal de suíno, não, está bem?
— Porcão, papai.
— Porcão, que seja, mas é melhor que fique longe.

Obviamente não me aproximei mais dele. Acho que nos encontramos em mais uma ou duas partidas e evitei-o o máximo que pude. Ele se aproximava consciente de que me provocava repulsa, agarrava meu corpo contra o seu e soprava na minha cara, e quando tinha se divertido o suficiente, me ignorava. Aquelas duas ou três partidas foram as mesmas em que deixei para ir para o estádio mais tarde, e foi mais ou menos o que ele demorou para mudar de arquibancada, saindo da geral para o fundo sul. Lentamente fui abandonando a autoflagelação de assistir a partidas como parte de minha camuflagem. Fiz isso de forma sutil, quase ninguém reparou, só meu pai; por ele eu teria me animado a assistir pela televisão mais uma tarde em casa, mas, por sorte, começou a assistir ao futebol no bar, com vizinhos e conhecidos, e não durou muito esse pequeno ninho vazio.

Calipso

A noite, quando não era minha, não era noite. Talvez fosse uma versão sádica do dia na qual a desinibição marcava as hierarquias sociais com mais crueldade. Naquela década de noventa, quando os comportamentos se relaxavam, as violências que, pela manhã, eram sutis, tornavam-se ferozes. Nunca cheguei a entender por que a diversão de algumas pessoas dependia da humilhação de outras. Gritar para as mulheres de dentro dos carros eram aquecimentos habituais para os grupos de rapazes que iam para a farra, impulsionados por um estranho demônio da crueldade. Até os garotos bons, eles sobretudo, priorizavam esses rituais de intimidação em detrimento de seu próprio bem-estar.

A masculinidade era uma força de chantagem que alcançava o mundo todo. Era impossível que tais modos lhes proporcionassem diversão, para além de um balão de poder que poderia ser confundido com alegria, algo parecido com os efeitos da cocaína. Era preciso marcar território, arrumar confusão, rir o mais alto possível, criar bolhas de adrenalina para cavalgar as primeiras ondas da noite.

Quando saía sozinha, tomava muito cuidado na hora de ir e de voltar, ao contrário do que sempre se dizia, pois os horários próximos do amanhecer eram muito mais seguros. O cansaço atenuava a vontade de brigar e quase todo mundo estava querendo chegar em casa e cair na cama, inclusive os agressores. Mesmo assim, em nenhuma dessas madrugadas, quando abria uma toca na brecha entre os gêneros e feminizava minha aparência alguns graus, me livrei de ataques verbais e não poucas intimidações físicas, diante das quais me adiantava correndo feito um animal que conhece bem seu predador. Os anos e a experiência diária tinham me ensinado que mais cedo ou mais tarde chegaria minha vez. Habitar o feminino, mesmo que de forma intermitente e, como mulher, ter a existência de um fogo-fátuo, ativava os estímulos necessários para a correção. Os fantasmas que iam comigo sabiam dessa profecia. Mulheres, bichas e outras existências tortas com relação à masculinidade estavam marcadas como presas no mundo dos homens malvados.

Meu irmão, Darío, era um dos homens bons. Era cinco anos mais velho que eu. Praticava uma forma de hombridade amável e protetora, herdeira das atitudes paquidérmicas de nosso pai. Só de observá-lo ficava evidente que algum dia teria filhos que trataria com devoção e seria um esposo atento e carinhoso. Tudo nele desenhava contornos de bondade e responsabilidade clássica. Cuidava de mim como podia, da maneira como eu deixava, que era pouco. Os homens são ensinados a falar, não a conversar, e não houve forma de romper a barreira de meu medo e de sua prudência ao fazer perguntas.

Estávamos em um lugar bem famoso da rua Valverde, uma passagem que conectava Gran Vía com Malasaña e que eu conhecia muito bem. Tínhamos saído juntos, coisa que não fazíamos com frequência, mas que servia para nos sentirmos mais próximos. Ele não me incomodava, jamais o vi incomodar alguém quando se divertia. Falávamos, bebíamos, eu dançava mais que ele, e deixávamos a noite passar. Aquele era um lugar muito popular, mas, como era aonde as pessoas iam para terminar a madrugada, você podia encontrar ali dentro qualquer tipo de frequentadores. Os irmãos Bardem estavam ali com um grupo de amigos, também Shangay Lily, rodeada de seguidores meio metro mais baixos do que ela e com uma vida inteira de descaramento de diferença. Um boy lixo de camisa aberta e óculos de sol na cabeça dançava tecno batendo palmas e buscava uma cumplicidade que ninguém lhe oferecia. Era esse o tipo de saideira da noite.

Já tarde, quando do lado de fora a cor do céu estava começando a mudar, uma mulher loira se aproximou de nós, com o cabelo bem cacheado e bagunçado, olhos claros que mudavam de cor com as luzes da pista de dança, e de boa estatura. Para mim, não era difícil adivinhar o que aconteceria em seguida, ela diria alguma coisa no ouvido do meu irmão segurando uma taça, ele responderia, trocariam cinco ou seis irrelevâncias da mesma forma e acabariam se beijando. Darío gostava muito de mulheres.

— Oi, meu nome é Estrela.

Demorei para notar que estava se dirigindo a mim e reagi com lerdeza, engasgando com o gole que dava em minha bebida e tossindo.

— Morre não! – disse sorrindo e me dando uns tapinhas nas costas como se fosse minha avó.

— Oi, Estrela, perdoa, pelo jeito me esqueci de engolir.

— É seu namorado? – perguntou.

— Não, não, é meu irmão.

Darío ria e nos dava espaço.

— Menos mal.

Aquilo era novo. Não era estranho que algumas garotas se interessassem por mim, mas imediatamente um lampejo de minha natureza acabava despertando-lhes uma ternura nada sexual, pelo menos naquelas que costumavam se aproximar. Não precisou de muita conversa e logo me beijou, tinha gosto de álcool e fruta. Devolvi o beijo com a mesma dissociação com a qual encarei o primeiro de minha vida. Produzira-se em minha cabeça um estrondo parecido com o de derrubar a gaveta dos talheres, uma espécie de desastre, de caos, de imprevisto, que deixa tudo desordenado. Mantive a compostura sobre seus lábios, que eram suaves e muito agradáveis, tentei fazer com que não notasse que minha mente estava em alerta. Os fantasmas davam de ombros sem saber o que dizer, mas sem irem embora, eu repassava aprendizados e desejos e me perguntava se queria fazer aquilo ou não. Queria sim. Mas não sabia como. Estrela percebeu isso e me levou pela mão até a saída, apenas me deu tempo de me despedir de meu irmão, que já tinha terminado seu caminho até o outro lado do lugar. Ele me olhou de lá, sorrindo, e me deu tchau.

* * *

A quitinete de Estrela ficava na praça dos Mostenses, que se abria de forma tacanha perto da Gran Vía. A categoria de praça acabava sendo grande demais para aquele espaço que abrigava um velho mercado bastante popular. Era sábado de manhã e havia uma atividade intensa de mercadorias abastecendo as bancas, com cheiro de peixe, tabaco e esgoto. O prédio ficava bem na frente. Subimos até o terceiro andar e entramos pela porta que se via ao sair do elevador. O apartamento consistia em um só aposento quadrado, com janelas que davam para a praça, um sofá-cama que estava aberto e quebrado, uma cozinha pequena, uma mesinha multiúso e um banheiro. Antes de nos deitar, reparei em um pôster do *Drácula*, de Coppola, que estava pendurado na parede e servia de cabeceira para a cama.

— Você é tão lindo.

Ela me beijou devagar, mas fundo, abrindo bem a boca e chamando a minha. Entre um beijo e outro, deslizava seu rosto sobre minha pele e falava no meu ouvido em sussurros, excitada e cansada. Ficou em cima de mim e desabotoou a blusa com estampa de andorinhas que estava usando. Não soube reagir a esse gesto. Permaneci debaixo dela com esse desejo ativado, mas afastado em algum canto, esperando que ela tomasse alguma decisão. Meu consentimento era total, mas ainda não havia mais nada de mim sobre aquele colchão. Estrela era maravilhosa, tinha um corpo todo curvo e gostoso que chamava mãos por todas as partes. Decidi avançar um pouco mais e acariciar suas ancas e seu ventre, seus peitos se impunham de tal forma que ainda não me atrevia a tocá-los. Minha vontade de transar despertava com tranquilidade, mas, definitivamente, estava ali, com toda a confusão que isso envolvia. Sabia como proceder com os homens, sobrava-me instinto e entrega com eles, não tinha medo de incomodá-los, não porque não os respeitasse, sabia muito bem até onde ir, tinha certeza de que era feita para seus corpos e os deles para o meu. Se alguma vez pensara em desejar ou me apaixonar por uma mulher, a perspectiva me parecia encantadora, mas complexa demais. Apenas embaixo de uma delas, que me desejava, percebi que me importava muito com o fato de errar ou não, de fazer algo em que ela sentisse incômodo, estranheza ou medo. Passara a infância sonhando em ser imaculada e elevando as mulheres aos altares de minha vida, tornando-as protagonistas de uma fantasia mítica, impossíveis de tocar, e a situação em que me vi naquele momento superava qualquer coisa que poderia ter projetado.

O que eu era? Quem eu era? Podia montar o número da concubina com ela e entregar-me como costumava fazer nos *darkrooms*, nas ruas estreitas, nos carros, nos parques ou nos apartamentos de meus amantes? Ela me desejaria assim ou esperava que tivesse a energia e os modos de um fauno sedento de carne?

Nosso encontro ficou mais intenso e Estrela tirou sua roupa e a minha, quis me unir a ela e me deixar levar até os aposentos do gineceu em que as mulheres cavalgam até o amanhecer, mas não pude, me afastava como aquela lua da infância sem poder fazer nada, quanto mais forte ela me agarrava, quanto mais me chamava, mais eu me distanciava. A ereção que me provocara não ajudava, me tornava hiperconsciente do meu corpo, de suas lisuras e protuberâncias, não era capaz de me abandonar e me unir às lentas e maravilhosas ondulações do corpo de Estrela. Surgiu em mim a possibilidade de estar traindo a mulher que eu era, de estar sucumbindo à masculinidade que renegava com todas as minhas vísceras. Era um corpo celeste cegado pelo sistema solar binário ao redor do qual orbitava, uma estrela macho e outra fêmea, a mesma armadilha gravitacional que me mantinha guardada dentro de minha própria pele, me negava a possibilidade de transar com outra mulher, tanto faz se eu o desejava ou não. Estrela era Calipso e eu tinha medo de ser Odisseu e que seus quadris fossem a entrada para uma vida eterna como homem. Quando a afastei de mim com suavidade e confessei que não podia continuar, ela me abraçou com aquela ternura que estava acostumada a receber das mulheres e me disse que não tinha problema. Me vesti, pedi desculpas e saí de lá com um nó na garganta. Escutei seus passos por trás da porta e seu corpo deixando-se cair sobre a cama.

Liguei para meu irmão para que viesse me buscar. Chegou logo em seguida. Como sempre.

Eugênia

Eugênia, a Moraíta, começava sua jornada ao redor dos cinemas Luna no cair da tarde. Ali ela conseguia a graninha para pagar sua janta e um pouco mais batendo punhetas tristonhas para velhos que passavam pela praça antes de jantar. Em uma ou duas horas, escondendo-se mal pelos cantos, atendia a quatro ou cinco clientes que não requisitavam mais do que uma mão habilidosa que lhes recordasse que ali embaixo ainda havia tato. Às vezes tentavam beijá-la e ela os afastava.

— Caralho, Vicente, deixa disso. Beijo é com a sua mulher ou com quem goste de você.

Sabia lidar com eles, sabia lidar com todo mundo. Adquiria uma índole diabólica quando queria, de santa vingativa capaz de conjurar espectros que faziam com que a humilhação e o mau-olhado voltassem para a ponta da língua que os enviara. Isso não era incompatível com o fato de que tinha o maior coração do mundo. Com esse seu olhar esquinado, às vezes um pouco parecido com o da Maria, a Peruca, detectava almas cheias de pena, tristezas e melancolias, como uma vidente da solidão. Assim nos conhecemos.

Eu subia a rua Valverde em direção à praça de San Ildefonso e ela descansava sentada no capô de um carro estacionado na esquina da Puebla. Usava um vestido branco de tecido grosso entremeado, com enormes buracos em seu desenho, que deixavam bastante pele visível e parecia confortável, o tipo de roupa que você escolheria para enfrentar várias horas andando rápido sem deixar de estar maravilhosa, arejando o suor. Seu cabelo, preto e bem espesso, estava recolhido em um rabo de cavalo alto apertadíssimo, com uma linha frontal invejável. Não podia esquecer das botas, logo soube que eram sua marca e que não as tirava desde 84. Eram altas, envernizadas e de salto alto e fino. À primeira vista não era possível notar os reparos que fizera com fita adesiva preta; se as mostrasse de perto, você se dava conta de que estavam a ponto de desmoronar, mas ela conseguia se virar para durarem bem.

Era de baixa estatura, morena, como costumam ser as mulheres marroquinas ou tunisianas, com um tom amendoado divino, de olhos grandes e redondos, um pouco separados, traço que abria seu rosto e lhe dava suavidade. Foi por causa desse aspecto de moura que a apelidaram de Moraíta. Era bem esbelta, não tinha peitos, deixara que os hormônios fizessem seu trabalho e estava mais do que satisfeita assim, mas tinha buscado uma bunda perfeita para o mambo.

— Essa aqui é de clínica, bicha, não é de porão – dizia dando tapinhas nas nádegas. Tinha uma voz grave e bonita, ela dizia que era de cantora de bolero.

Quando nos conhecemos, já estava velha e de retirada, dizia que tinha guardado o suficiente para deixar de trabalhar imediatamente, ainda que esse dia parecesse não chegar nunca e, a cada entardecer, por volta das sete horas, começava seu ritual de beleza e velas. Acendia um par de candeias para a santa que acreditava que garantiria uma noite proveitosa para si e maus ventos para quem quisesse lhe fazer mal. Não é que precisasse da intercessão de algum poder para se defender, tinha a ferocidade travesti à flor da pele, que não é possível explicar até que esteja à sua frente, a de uma quimera. Eugênia, a Moraíta, era a Medusa. Falava muito consigo mesma e em voz baixa, isso devia ser uma característica das feiticeiras; talvez o que nós, as não iniciadas, víamos como uma conversa a sós, fosse uma bruxa realizando acordos com demônios ou santos invisíveis para conseguir pequenas vantagens.

Nunca cheguei a saber de onde era. Saiu da América Latina logo no começo dos anos oitenta, que é o mesmo que dizer que saiu da África, uma imprecisão ridícula bastante europeia a respeito de continentes bem maiores que o nosso. Disfarçava com grande habilidade seu sotaque misto e fizera de tudo para contaminar-se com o de Madri. Uma pena. Em algumas ocasiões, achava que tinha detectado suavidades caribenhas na música de sua fala, mas logo se desvaneciam. Dizia que teve que abandonar sua terra por ser trava e por ser canibal. A primeira vez que me disse isso achei muito engraçado, até que notei que ela não via graça naquilo, permaneceu séria, e parei de rir logo em seguida.

Enquanto percorria suas estações noturnas de penitência, da praça da Lua a Ballesta ou a Desengano, um pouquinho pela Valverde, que lhe proporcionava clientes jovens e ansiosos, e uma última ronda na esquina da Hortaleza com a Reina, onde desembocavam os que não encontraram ninguém na Montera; costumava comprar sanduíches nos bazares ou em bares em que era conhecida para dá-los às putas mais jovens, garotas do Leste Europeu que atravessavam a noite com uns pacotes de Doritos, Gusanitos ou algum outro aperitivo barato que havia sido comprado por seus cafetões. Os proxenetas a encaravam frequentemente e ela se desfazia deles com facilidade.

— Me meti na sua zona? Você pagou pelo sanduíche? Não, né? Então vai tomar no cu, que eu quebro sua boca na paulada, escroto.

Essa força da natureza estava prestes a cruzar com minha vida para provocar nela um sismo.

— Que cara amarrada, bicha. – As primeiras quatro palavras que Eugênia me dirigiu aquela noite na rua Valverde. – Vem, chega mais, nas sextas-feiras eu não mordo.

Desde uma experiência ruim que tive no ano passado, saindo com uns sujeitos com quem eu nunca devia ter saído, na qual acabei chorando no bairro Casa de Campo depois de aprender que alguns desgraçados chamavam as putas trans de travecos, compreendi que estava bem mais próxima daquelas senhoras do que de qualquer outra pessoa que conhecera. Algumas das mulheres que deixaram uma marca incomparável em minha vida, não necessariamente por ter tido muito contato com elas, tinham exercido essa profissão. O que eu fazia em minhas noites sagradas poderia ser considerado uma forma de turismo de seu ofício, oferecia meu corpo em troca de atenção e validação em vez de dinheiro. Também fazia isso como uma cerimônia de ressuscitação, sei lá, precisava sentir que continuava viva, e buscar isso nas mãos dos homens era a única coisa que me ocorria. Essa comparação entre nós, por mais frívola que fosse, funcionou em minha cabeça por um tempo, me ajudou a encontrar um lugar, até o momento em que parei de observá-las e imaginá-las e conversei com elas, tornando-as reais e retirando-as do pedestal da idealização, que também é uma forma de extirpar a humanidade de alguém.

Confiei em Eugênia antes mesmo de saber seu nome. Aproximei-me bem, como ela pediu.

— Então me conta o que está acontecendo contigo, bicha – perguntou e afirmou ao mesmo tempo.

Não soube responder nada além de coisas vagas.

— Nada, é que está tarde e estou cansada... cansado. Estava voltando para casa – menti.

— Você está mais é com cara de quem enterrou a mãe, viada. Vem comigo até minha casa, que já andei até o cu fazer bico. É aqui perto, em Pelayo, ao lado do Vulture.

— Ah, sim. Sei onde é.

— Claro que sabe onde é, bichona – disse, caindo na risada.

Ela agarrou meu braço e caminhamos devagar. Madri na última hora da madrugada, bem antes do amanhecer, era uma cidade linda. Suja e retorcida, sem a vocação para a amplitude como Berlim ou Barcelona, sem tanto amor no ar, mas linda à sua maneira. A luz dos postes contrastando com o cinza constante das pistas, calçadas e muros fazia com que as coisas parecessem fugazmente douradas. Era uma cidade na qual a feiura encontrava sua forma de seduzir. Ruas estreitas, sem graça aparente, continham pequenos tesouros de outros tempos, que sobreviviam e ninguém sabia como, lojas de botões, drogarias que ainda guardavam seus produtos em gavetinhas de madeira, placas comemorativas em homenagem a personagens já esquecidos, pequenas igrejas lúgubres com esculturas religiosas que atraíam devoções inesperadas, cinemas que projetavam pornôs ao lado de chocolatarias frequentadas por alegres viúvas, Madri era estranha, e era preciso percorrê-la minuciosamente para desvendar seus segredos. Alheia às monumentalidades, toda a reputação madrilenha, toda sua beleza, recaía em quem a habitava, que naqueles anos já votavam mal, mas continuavam acolhendo bem. Nos garçons que atendiam com presteza, mas não eram servis, nas mil explicações, enroladas nos seus exageros, que qualquer madrilenho dava para os turistas perdidos, para terem certeza de que chegariam aos seus destinos, nos outonos no parque do Retiro, com crianças recolhendo folhas mortas no chão para mostrá-las a desconhecidos, em seus telhados escuros repletos de mitologia, aos quais nunca olhavam, porque Madri fora construída para baixo, pensada para manter sempre os pés no chão. A cacofonia de fechaduras se abrindo e gente se cumprimentando na primeira hora da manhã me fazia sorrir e me comovia a modéstia do que podia oferecer como cidade, tão distante de outras mais arrumadas, e sua necessidade infantil de cativar quem transitasse por ela. Costumava voltar caminhando para casa porque amava Madri, me reconhecia na dificuldade de perceber sua verdade, em seu encanto esquivo e em como seus recantos podiam ser comoventes. Você morre madrilenha da mesma forma que morre trans. Por mais que tente negá-lo.

— Você não acha linda a cidade a essa hora? – me perguntou Eugênia.

— Estava pensando exatamente nisso, me comove demais.

— Comove? É uma palavra muito bonita, gostei que você usou, me fala mais coisas assim. – Ninguém escutava como a Eugênia, era a melhor para alimentar o fogo da conversa com intervenções precisas, botando lenha bem na hora em que era preciso para que acendesse devagar.

— Não sei, bom, costumo voltar para casa caminhando, vivo bem longe daqui e sinto que a cidade é minha cúmplice quando a percorro, me dá mais tempo para ficar a sós. Estar sozinha, sozinho, me dá espaço para me comover, para me emocionar um pouco, não sei, é uma bobagem.

— Não é não, viada, você deve carregar uma dor funda aí para enxergar desse jeito e falar assim. Eu era assim. Não vou te dizer o que vai acontecer contigo, porque não há magia que substitua querer ou não querer fazer as coisas. Mas te digo que o mundo é bem sacana, mas sacana mesmo, e que está cheio de escrotos querendo acabar com sua alegria na paulada, isso você já sabe, mas existem coisas que estão em suas mãos. Para de carregar a maleta e usa o que tem dentro dela. Mas se quiser caminhar de noite e chorar feito uma cachorrinha, tudo bem também.

Os funcionários da limpeza pública fustigavam as calçadas com jatos de água e faziam com que o piso brilhasse como se fosse pavimentado com vaga-lumes. Quando cruzamos a Hortaleza e chegamos à Pelayo, quase não passavam carros.

— É aqui. Quer subir? Não vou te dar álcool e tenho pouca comida. Posso fazer um *colacao** quentinho que vai te fazer um bem danado e logo você vai poder ir embora mais tranquila, tranquilo, ou como queira – ofereceu, já tirando as botas na entrada. – Ai, bicha, meus pés.

— Outro dia. Quero chegar em casa o quanto antes, acho que hoje não vou caminhar, esse tempinho contigo foi o suficiente. Agradeço muito, foi ótimo e adorei te conhecer.

— Costumo estar onde você me encontrou e quase sempre acabo na Hortaleza, vem me ver uma noite dessas em que sair, se chegar cedo você me acha na praça da Lua e me chama para fazer um lanchinho. Se não me encontrar, pergunta para as garotas se elas viram a Eugênia ou a Moraíta. Geralmente a que se chama Cartier está por lá, ela sempre sabe onde estou, pergunte a ela.

— E como vou saber quem é a Cartier?

— Você vai saber, te garanto.

---

* Bebida achocolatada que mistura açúcar, cacau em pó solúvel, farinha de trigo e malte de cola. [*N.T.*]

As Moiras

Apoiada no muro da igreja de São Martinho de Tours, no ponto em que morre a rua Desengano e nasce a da Lua, Raquel, a Cartier, dava as últimas tragadas em um cigarro e terminava uma latinha de suco de laranja. Logo a reconheci. Parecia uma dessas mulheres cansadas e desmedidas dos poemas de Baudelaire, uma velha viúva que bota todas as joias que tem e passa toda a maquiagem de que dispõe para sair e ficar bêbada nos cafés do Pigalle. Era assim, mas segoviana. Usava sempre uma tiara de plástico, que defendia dizendo que era de plástico bom-bom, e uma coleção de colares vistosíssimos com umas pedronas de uma cor qualquer. Não lhe faltavam anéis nos dedos, e as pulseiras cobriam metade de seus antebraços. Cada vez que movia as mãos, e fazia bastante isso, provocava um tilintar que torrava a paciência de suas companheiras. Além disso, quando era ouvida, mas não era vista, significava que estava fazendo serviço em algum lugar próximo e, quando acelerava o ritmo, as garotas diziam que a Cartier estava prestes a aparecer, porque a cantiga estava acabando.

— A senhora é a Cartier?

— Ai, senhora está no céu, que isso? Sim, sou eu, que foi, flor de lótus? – Ela me olhou incrédula, sabia distinguir seus potenciais clientes, e era visível que eu não parecia ser um deles.

— Desculpa te incomodar, desculpa, estou procurando a Eugênia, ela me disse para te perguntar se não a visse aqui.

— Mas como essa Moraíta me enche o saco! Fica achando que sou a madre superiora dela.

Foi difícil segurar a risada diante do termo *madre superiora*, que decerto me parecia um apelido fabuloso e era uma pena que não estivesse sendo usado.

— Olha, se ela não está aqui, deve ter parado no bar da portuguesa, lá na Hortaleza, ao lado da loja das bundas, sabe onde é?

A "loja das bundas" era um comércio de suplementação para fisiculturistas, quase todo mundo que passava por Chueca conhecia.

— Sim, acho que sei. Agradeço muito, Cartier, espero que sua noite seja boa.

— Anda, vai embora. – Piscou o olho para mim. – Obrigada, querido. Também pode me chamar de Raquel ou Raquelzinha.

Encontrei o bar que me indicara logo depois e lá estava Eugênia tomando um café, lendo displicentemente um jornal com marcas de manuseio e de gordura. Ficou feliz ao me ver entrar, e não pude evitar um sorriso de pura paz. Pensava muito nela desde nosso primeiro encontro e me preparei para vê-la outra vez como se fosse me encontrar com alguém da minha família com quem compartilhasse um vínculo especial. Uma dessas figuras maternais sábias, uma madrinha que oferece aprendizados importantes, daqueles que lembramos a vida toda. Uma mulher com a qual aprender sem ser às escondidas.

— E aí, doidona? Que alegria te ver! Entra, toma um cafezinho e paga o meu, vai, bicha.

Visitar Eugênia se transformou em uma peregrinação obrigatória que eu dava um jeito de fazer pelo menos uma vez por mês. Fazia com que nossos encontros coincidissem com as noites em que saía sozinha para buscar meus próprios mistérios. Primeiro um café e uma conversa com ela, depois o que a noite quisesse fazer comigo e eu com ela. Nos meus dias, tudo piorava. O papel de cara legal se tornava um tumor para mim e, com isso, a disforia me levava até as fantasias de amputação, de modificação enferrujada da carne, nada que tivesse a ver com as bondades cirúrgicas ou com a ajuda médica. Meu corpo se desenvolvia conforme o que os dias exigiam, e a possibilidade de cortá-lo eu mesma feito uma açougueira, ou de acabar com ele, nunca saía da minha cabeça. Não era capaz de manter conversas tranquilas nem de controlar as emoções, em cada frase via um ataque ou uma possibilidade para que eu atacasse. Mentia compulsivamente e não me lembrava a quem tinha dito o quê, não por falta de memória ou por estar pouco atenta, era por puro desleixo. Na realidade, não me importava em me afastar das pessoas de minha vida diurna, ou que me considerassem uma hipócrita. Tive algumas relações como se fossem adereços e me detestava por isso. Minha humanidade, minha bondade, a única coisa que conservava como verdadeiramente minha nas minhas duas vidas, estava se diluindo e não fazia nada para evitá-lo.

Eugênia me lembrava de que eu era boa, Eugênia amansava meu tom até que ficasse doce, como sempre deveria ter sido, como estava em minha natureza. Eugênia me apoiava no que me tornava mulher e humana. Acostumei a adiantar o horário de saída das minhas escapadas para procurá-la e me arrumar enquanto jantava com ela ou bebíamos algo. Frequentávamos os mesmos bares, onde já a conheciam e acabaram me conhecendo. Consideravam-me algum parentezinho que lhe solicitava refúgio para sair do armário de vez em quando, ou como sua aprendiz.

Eu chegava com minha mochila nas costas e a primeira coisa que fazia era entrar no banheiro do bar para trocar de roupa e de sapato. Depois me sentava com ela, pedíamos algo para comer, que geralmente eu pagava com o que ganhara nos trabalhos temporários que encadeava enquanto decidia o que fazer com minha vida, porque, de fato, eu tomava seu tempo de rua, e me maquiava na mesa, entre uma mordida e outra. Falávamos de tudo. Ela me contava anedotas de sua vida que eram cuidadosamente escolhidas para não revelar mais que o necessário, eram coisas importantes, porém nunca retirava completamente o véu do passado. Acabei entendendo isso, as dobras da memória são traiçoeiras e podem soltar lembranças tão vivas que corremos o risco de ficar presas em lugares que prometemos nunca mais pisar de novo. Ela me contava principalmente sobre seus primeiros anos em Madri, sobre o tempo em que foi difícil encontrar seu lugar, sobre a obsessão dos clientes espanhóis por se esconderem quando estavam com ela, pareciam meninos assustados e irascíveis, incapazes de enfrentar verdades humanas como o prazer. Dizia que isso era reflexo dos anos de ditadura, que todo mundo lhe parecia pueril e desvalido, vítimas de um pai rígido e violento, que precisam de muito amor para superar, mas que eram perigosos, porque sua imaturidade carregava muita raiva consigo. Quando eu buscava indagar algo mais profundo de sua vida, ela se esquivava sem dificuldade, com carinho. Enquanto deixava minhas perguntas passarem, fazia um olhar que me partia o coração, olhinhos de bachata triste, de quem dança sozinha em meio a um bar fuleiro. Ríamos muito, ela ajeitava minha maquiagem e eu tinha que lembrá-la de que ia dançar e transar, e não trabalhar com ela, então não precisava me maquiar como uma flor venenosa para atrair zangões.

— Logo mais sua cara vai cair, filha da puta – me dizia –, e você vai se lembrar de mim.

Eu contava tudo para ela. Desde a segunda vez em que nos vimos, no bar da portuguesa, soube que Eugênia era uma presença única e maravilhosa em minha vida, que eu devia cuidar. Se Jay, além de ter me mostrado um modo encantador de amar, me levou pela mão para um instante de amor-próprio, de euforia, de vida perolada sob o sol, Eugênia era uma feiticeira escutadora, alguém para quem rezar a ave-maria das travestis, a primeira mulher que me ouviria confessar e que me devolveria palavras de consolo, de aprendizado e de cumplicidade. Antes que ela soubesse, eu a adotara como mãe trans, como madre superiora travesti e como amiga. Às vezes Raquel, a Cartier, se juntava a nós, assim como outra mulher divertidíssima que se chamava Paula, que chamavam de Chinchila porque adorava casacos de pelo sintético. Paula teve experiências ruins quando dava seus *jeitinhos*, que era como se referia às injeções de óleo de motor ou de silicone de má qualidade que colocou em si no final dos anos setenta em um apartamento da Cava Baja. Os estragos estavam bem visíveis nas maças de seu rosto, que já tinham se transformado em belfas. Quando fora alvo da lei de periculosidade social, as entradas e saídas das delegacias também dificultaram que sua carinha ficasse intacta. Era uma mulher boa e carinhosa, a menos maliciosa das três, embora talvez fosse a mais sábia. Não tinha idade nem condição física para continuar trabalhando, mas também não tinha onde cair morta, dependia da ajuda das outras duas e dormia nas casas delas, revezando entre uma e outra. Comia feito um passarinho e sempre levava para casa a comida que sobrava nos bares, inclusive os amendoins. Mesmo assim, saía para trabalhar toda noite com a cabeça erguida e com um ânimo daqueles. Era inevitável que me lembrasse da Margarida, minha Margarida, ao contemplá-la. A mesma ternura, as mesmas cicatrizes e a mesma dignidade. Com o passar do tempo, senti muita vergonha dos pensamentos sobre feiura e rejeição que me rondavam quando eu era menina, a respeito de Margarida. Naqueles bares na fronteira entre Chueca e Malasaña, depois de aprender que a vida era algo muito maior do que o que via em San Blas, as duas me pareceram o exemplo da beleza das sobreviventes, e nem em cem vidas eu teria sido digna de ser parecida com elas.

Se Eugênia a sós era a Medusa, as três juntas eram as Moiras. Adorava vê-las tecer seu fio do destino, tão fortes, tão graciosas, tão sábias. Tinham essa forma de discutir que contava uma história de fidelidade inquebrantável, quanto mais barbaridades diziam, mais ficava claro que matariam umas pelas outras. Eugênia sempre carregava no bolso um xarope para tosse, porque a Cartier tinha pulmões ruins devido a uma infância desnutrida, muitos invernos na rua e tabaco demais.

"Vai, velha rouca, toma esse xarope ou seu pulmão vai sair pela boca", dizia. Dava-lhe o xarope ela mesma, com a colherzinha de plástico que vinha na embalagem.

Com o hábito, Eugênia chegou a me pedir que fizesse seu rabo de cavalo em algum de nossos encontros, me sentia como a responsável por cuidar da Virgem de Macarena. Não era pouca coisa fazer o rabo de cavalo da Moraíta; pois se as botas eram seu cetro de autoridade, o rabo de cavalo alto era sua coroa. Assim que me deixou tocar em seu cabelo, soube que tinha ganhado sua confiança para sempre. Penteava-a nos bares, aprendi a fazer isso com bastante habilidade; e, enquanto mexia em seu cabelo, nos olhávamos através do espelho e falávamos sobre o assunto do dia. Pentear a rainha travesti era um ato de reverência e de amor. Com os fios de seu cabelo entre as mãos, eu imaginava um passado em que minha mãe trançava meu cabelo e o amarrava. Acreditava que, quando as mães penteavam o cabelo das filhas, um amor intangível e uma beleza sem palavras era transmitido, algo que não tinha como acontecer de outra forma. Como uma peça tecida por dedos curvos de avó que carrega consigo a fragrância do tempo e dos cuidados.

Eu me abri com ela como nunca tinha feito com ninguém. Mesmo que ocupasse bastante seu tempo com minhas confissões, nunca me interrompia e esperava o final do que eu contava para fazer um comentário, dar um conselho, tirar minha razão, dizer que eu estava errada ou simplesmente assentir. Não era condescendente comigo e me lembrou da importância da responsabilidade, de não entregar tudo para o destino, porque o destino nunca foi amigo das mulheres. Compreendia perfeitamente meus medos, meus mecanismos de defesa e minha dor, escutava-os e honrava-os, mas não se detinha ali e sempre acrescentava um "além disso", um "e o que fazemos com isso?", uma saída, por mais tortuosa que fosse. Sem muita cerimônia, me deixava fragmentos de esperança sobre a mesa dos bares. Nunca tinha conhecido algo assim.

Ainda que jamais mencionasse francamente que estava lhe contando sobre minha vida trans, ficou evidente desde o começo. Eugênia cuidava de mim ao me conceder tempo para procurar eufemismos. Falava comigo no feminino, deixando a porta aberta ao jogo da bichice, para que eu não me sentisse exposta. Queria seguir conversando com ela e me oferecer inteira ao seu altar para conseguir sua bênção completa. Passaram-se meses, quase um ano, até que seus olhos de bruxa não precisaram investigar mais, intuindo que minhas defesas estavam suficientemente baixas para abordar o assunto sem rodeios. Estávamos no bar de sempre, ela com seu rabo de cavalo recém-feito, e eu me maquiava usando um espelho portátil que podia colocar na mesa. Esperávamos que nos trouxessem uma porção de batatas rústicas apimentadas, que ela adorava, e um par de cervejas com limão.

— Bicha, não dá para você continuar assim.

— Assim como, Eugênia?

— Desse jeito, garota, você sabe – tirei os olhos do espelhinho e olhei para ela. Prosseguiu. – Por mim, você pode tirar sarro do distrito inteiro se passando por bicha maquiada, faz bem, na sua idade eu não ficava um só dia sem rebolar, mas não é isso, bicha, não é isso. É esse seu olhar que me assusta, merda. Pois se no dia em que te conheci você tivesse se jogado embaixo de um ônibus, garota, você seria outra bicha que não aguentou mais, as almas vão para onde precisam ir. Teria acendido uma vela e me esquecido de você – fez uma pausa quando o garçom chegou com a bebida e a comida. – Me perdoe, bicha, mas me dói você chegar aqui comigo vestido como um desses que me enrabam na rua Valverde, se enfiar no banheiro e sair como sai, gingando e com a voz diferente. Em dez minutos aqui dentro, garota, dez minutos! E isso não me assusta tanto quanto o caminho contrário, aquele que eu não vejo, quando você tira a maquiagem e os saltos e se arruma outra vez para o outro lado. Isso é a morte, bicha, isso é a morte.

Tínhamos falado muito durante aquele ano e a vi com quase todos os humores, mas nunca tão comovida. Não perdia a firmeza, sua voz não tremia, pronunciava cada palavra com uma mistura justa de repreensão, preocupação e carinho, mas conter as lágrimas que subiam aos olhos e não as derramar estava lhe custando mais que o de costume.

— Sei bem o que você me contou, escutei tudo, compreendo, bicha, como não compreenderia? Mas você não pode continuar assim, você acha que não percebo como você se estraga de um mês para outro? Vejo como seu peso sobe e desce, como seus olhinhos puxados ficam caídos, e o cheiro que eu sinto, garota, é o das santas e das diabas que te abandonam, pois não me escutam quando peço por você. Meus fósforos apagam, e não acendo mais que três, porque é melhor que elas não venham do que trazer as santas à força.

Eu não sabia nada dessas santas nem das diabas, mas conhecia Eugênia o suficiente para entender que era melhor não desprezar sua relação com elas. Aprendi que se ela achava que era imprescindível incluí-las em sua lista de preocupações comigo, elas ficariam ali, junto aos demais temores.

— Eugênia, é que eu não posso. Nunca vou poder. Tenho medo demais.

— Dá medo mesmo, garota, como não daria? Viu como elas estão ali fora? Mas que alternativa temos, que mais podemos fazer? Me fala, meu bem, que mais que a gente pode fazer?

Eu nunca havia tido a oportunidade de ter uma conversa como aquela com ninguém. As perguntas de Eugênia, suas afirmações, tão certeiras, me despiam completamente, não tinha nada nesse mundo quê eu temesse mais que a nudez. Enfrentar as verdades de minha carne e de minha alma juntas. Ela, enquanto falava, estava me entregando um leito no qual pousar, um espaço cálido e sombreado, sem as lacerações do sol nem as fantasias da lua. Enfim, um lugar em que, nua e exposta, pudesse descansar. Chorei, chorei muitíssimo, borrei o único olho que estava maquiado e não consegui parar durante toda a conversa.

— Eu faço as minhas noites – comecei a falar titubeando, tentando me sobrepor ao soluço –, procuro um homem, dois ou três. O que precisar até ficar vazia. Não uso eles, devolvo, com algo a mais, tudo o que me dão. Durante o tempo em que estou com eles, imagino que gostam de mim, que morreriam por mim, que sou uma deusa, uma rainha, uma sacerdotisa, uma concubina.

Eu morreria por eles enquanto me devoram viva ou me dominam. Entende, Eugênia? Encontro tanta luz nessa submissão! É horrível reconhecer isso, e sei que é bem limitante que a gente, como mulher, coloque o acesso ao nosso desejo nas mãos dos homens, mesmo que brevemente. Mas não consigo fazer isso sozinha. Não consigo nem me tocar em meu quarto. Quando passo a mão pelo peito ou pela pélvis, me encolho como um verme, Eugênia, perco a capacidade de fantasiar, me dá um branco e tremo, como se meu corpo desaparecesse, como se fosse parar em um lixão cósmico para o qual vamos quando não pertencemos a lugar nenhum. Por outro lado, quando um desses benditos me pega pela nuca e enfia o pau na minha boca, ou quando entram em mim, novos contornos aparecem, desenham em mim um corpo do qual eu gosto ou que consigo imaginar que gosto. Não conheci nada diferente disso. Não aprendi a me definir com palavras de amor e preciso que mãos que me desejam façam isso. Meu deus, eu sei que é embaraçoso o que estou te contando, Eugênia. Morro de vergonha.

— Meu bem, vergonha nada. Onde o orgulho não chega, chega um moreno parrudo que te atravessa viva e te lembra por que vale a pena continuar nesse mundo.

Não se justifique para mim, porque, de onde eu venho, *as brancas ainda não se libertaram*. A questão é, depois disso, e aí? Por que você se sequestra sozinha de novo?

— Porque tenho muito medo.

— A gente já sabe disso, bicha, mas isso que você faz é uma tortura e não funciona. Até quando vai ficar assim? Tem algum outro plano? Porque esse não está indo bem. Olha só como você não consegue falar disso sem chorar. Não podemos brincar de ser mulheres, garota, nós somos, não podemos evitar, você é a prova disso. Passar maquiagem meio bichinha, rebolar e botar um salto por uns finais de semana por mês não é ser mulher, é uma rota de fuga, um emplastro, uma frivolidade que traz, sim, alguma liberdade, que tem seu efeito e que custa sua vida, sei disso e respeito, já fiz isso, mas isso é um parque de diversões em você. A mulher que existe dentro de você, a de verdade, segue presa entre paredes muito estreitas e vai se asfixiar. E quando ela se asfixiar, já era, bicha, já era. Ninguém vai conseguir te salvar. Aquele outro não vale, o de camisa e voz grave não tem alma dentro, é um morto que caminha.

Realmente alguma magia auxiliava Eugênia, a Moraíta, que a fazia ver coisas que ninguém podia. Ela adentrara nesse meu mundo estreito com as metáforas exatas e soube distinguir o cadáver que caminhava de dia. Eugênia estava me reduzindo a pó para me dar outra vida depois. Brincava com meu fio de prata e o retorcia conforme sua vontade, lia em suas rugosidades e fiapos os menores detalhes que ninguém sabia de mim. Estava desenterrando tudo. Parou para comer e beber um pouco, limpou a boca com um guardanapo de papel e continuou falando comigo:

— Pelo que você me contou e pelo que vejo, você tentou de todos os jeitos se manter macho, poucas tentaram assim como você, nisso te dou parabéns, é preciso uma determinação fodida para chegar até onde você chegou. Vejo como você desmorona mês após mês, como seu olhar se ausenta, já te falei, bicha, me assusta, e não me assusto nunca. Não estou dizendo que precisa fazer algo agora mesmo, não estou dizendo que precisa fazer nada, mas tenha isso em mente e para de brincar de boneca no tempinho de pátio que você se concede na prisão.

— E o que eu faço, Eugênia, por onde começo?

— Fazendo essa pergunta, por exemplo. Você não precisa ir correndo ao médico amanhã mesmo, dê tempo para pensar se esse é o seu caminho. Pois isso acalma, mas não cura. Também não te digo para reunir sua família quando voltar para casa e contar tudo, você vai saber por que não pode fazer isso. Às vezes surpreendem, mas você sabe com quem convive, para o bem ou para o mal. Isso não interessa a ninguém, pois verdades já existem aos montes. Assuma você, não como até agora, só se atrevendo a estar consigo mesma nas esquinas e às escondidas, como os homens covardes que nos desejam, mas que prefeririam nos matar antes de nos levarem para caminhar de braços dados no parque. Não seja seu próprio cafetão, bicha. Não deixe que um cafajeste te domine assim. Não faça isso com você mesma. Essa é a submissão que nos assassina. Vinda de fora ou de dentro, a dos homens covardes. Não a dos morenos parrudos que te reviram as tripas e balançam suas tetas. Se você precisa continuar sendo a Pombagira dos quartos escuros, estarei aqui para jantar contigo toda noite e lançar flores aos seus pés, mas eu adoraria que você não precisasse, e sim que fosse porque quer, porque deseja e busca isso. Assim tudo é mais saboroso, te garanto.

— Você já teve um desses, Eugênia? Um cafetão ou um homem assim, dentro ou fora de você?

— Sim, bicha. Meu pai.

— Meu deus, sinto muito, Eugênia. E o que aconteceu?

— Eu comi ele. Vai, termina de jantar que vai te fazer bem.

As asas da Chinchila

A noite em que velamos Paula, a Chinchila, foi a única vez em que provei comida feita por Eugênia. Levaram-na para a Funerária Sul, no bairro de Carabanchel. Raquel se encarregara dos trâmites para que Paula tivesse acesso aos serviços funerários municipais. Durante a tarde, algumas de suas companheiras passaram por ali, dois ou três clientes que conservava há mais de vinte anos e Pepo, o garçom que servia seu café pingado antes de ir dormir, desde que chegara a Madri. Os homens não ficaram muito tempo, passaram para prestar suas condolências e foram embora logo em seguida, como se a vergonha os instasse. Eugênia havia colocado uns pratinhos na mesa da sala com um arroz vermelho que estava delicioso, pão de banana e margarina cortado em quatro pedaços, ao modo inglês, e umas uvas. Eugênia encontrou Paula sentada sob a chuva na escada de um prédio da Corredera Baja, quieta, quase completamente ereta, sem mais acordos com a morte além da pura quietude. Mal terminou de chamar seu nome quando soube que Paula já estava no céu das travestis, a alma daquela bendita não podia estar em nenhum outro lugar. Chamou uma ambulância pelo telefone e depois se sentou ao seu lado. Inclinou-a em direção a si, colocando a cabecinha morta sobre seu colo e acariciou o pouco cabelo que lhe restava. Molhando-se sob o aguaceiro, esperaram juntas desse jeito a chegada dos médicos, da polícia e de quem mais tivesse que chegar.

Além da comida, Eugênia montou um altar no qual havia uma foto de Paula em uma moldura onde prendeu uns cravos brancos. Bem adiante da fotografia, sobre a mesa, colocara um par de moedas de madeira, um pequeno difusor de essência, que mantinha aceso com uma velinha de mel, uma pena de pomba e um osso da asa de um pardal.

— Posso botar uma pulserinha no altar? – perguntou Cartier para Eugênia quando ficamos apenas nós três.

— Não brinca com isso, Raquel, as coisas precisam ser feitas de um jeito específico.

— Mas mulher, qual o problema de botar uma pulseira, uma discretinha só? Vem, me dá essa vermelha que você usa no braço esquerdo.

— Ai, mas essa é das boas, de cristal-cristal

— Mas que mão de vaca, bicha, ela acabou de morrer, me dá a pulseira!

Meio aérea, botou a pulseira ao lado da moldura; as contas vermelhas refletiam pequenos lampejos no rosto de Paula, mudando de tamanho e brilho conforme a chama da vela se movesse. Era bonito.

Cremaram-na na primeira hora da manhã. Também chovia e ventava muito. Eugênia dizia que isso era bom, porque o espírito subia mais depressa e se desprendia da terra. Imaginei Paula, a Chinchila, sobrevoando-nos todas, com um casacão de pelo branco e umas asas imensas.

Depois da cremação, voltamos de metrô para Chueca. A praça que dá nome ao bairro ainda estava sem movimento, sem vida, além de alguns transeuntes cabisbaixos escondidos embaixo de seus guarda-chuvas a caminho de lugar nenhum. Entramos no bar da esquina com a Augusto Figueroa para tomar café da manhã, eu nunca tinha ido lá e elas costumavam frequentá-lo. Era um bar como qualquer outro, havia uns clientes que tomavam devagar seus cafés e, de vez em quando, molhavam um churro ou uma torrada na xícara, com a lentidão e calma de *habitués*, só de olhar você sabia que no dia anterior estiveram ali na mesma hora, ocupando lugares idênticos e tomando o mesmo café da manhã. A rádio tocava e, ainda que seu volume não estivesse alto, ela se sobrepunha às vozes dos clientes, que quase não falavam ou o faziam com suavidade. Pedi café e torradas com manteiga e geleia para todas. Eugênia e Raquel não tinham dito uma palavra sequer no trajeto de volta. Estavam cansadas e tristíssimas. Eu também estava, mas por elas. Obviamente eu tinha me apegado a Paula e sofri com sua morte, mas nesse momento me preocupava mais com as vivas. As Moiras tinham perdido sua frente de ternura, aquela que manuseava os fios com cuidado e fazia a mediação entre as outras fúrias. Além disso, Eugênia e Raquel tinham perdido sua velha, sua pedra de paciência, aquela que escutava trovões e devolvia bondades. Elas e outras tinham composto uma família que foi se desfolhando porque o tempo é sacana e não concede trégua. Mas as três aguentavam enquanto viam as demais irem embora, agarradinhas uma ao braço da outra, sustentando-se entre si, acreditando que essa forma de amar as livraria de voltar a experimentar a perda. Paula estava doente, cansada e era mais velha, sua morte era lógica, mas não era justa. Ninguém sabe como uma família travesti ama.

— Sabe o que é foda nisso tudo? – Eugênia quebrou o silêncio que nos esmagava. – Ela nunca foi feliz. Nunca. Nunca conheci alguém que se ferrou mais que a Paula, e olha que a gente já passou por muita merda, mas nada se compara com o que ela viveu. E não merecia uma vida assim. Não merecia. Nasceu miserável, desde criança levava surras horrorosas, veio para Madri e não durou nem um mês sem ser alvo da lei de periculosidade e prenderem ela. E de novo e de novo. Puta do lado de fora e escrava do lado de dentro. Era estuprada pelos funcionários, pelos ladrões, pelos assassinos, pelos terroristas, pelos cafetões, pelos presos políticos e a porra toda deles. Levou tanta paulada que arrebentaram o resto da cara dela, aquilo que sobrou dos danos que ela mesma tinha causado com seus jeitinhos de merda. Minha Paulinha dormiu muitos anos na rua e ficou muitos dias sem comer. Não conseguia o necessário para viver, e olha que ela tinha estômago. Já viu ela chorar alguma vez? De mau humor? Triste? Eu também não, bicha, eu também não. Não é verdade, Raquel?

— A vida toda. Faz quinze anos que nos conhecemos e todo dia ela cantava suas músicas baixinho e dizia seu "ai, mulher, não se importe com eles".

— Ela parecia muito feliz com vocês – falei para elas. Que mais podia acrescentar que não fosse uma frivolidade? Eu estava apenas começando a aparecer nesse mundo que era o seu.

Por mais que eu amasse Eugênia com todo meu coração, eu era uma convidada, não um membro da família, nem herdeira legítima de seu legado. Não conhecia o lado amargo de suas lindas vidas além de histórias pontuais que às vezes me contavam. Era sua filha, mas elas não eram minhas mães. Eugênia tinha salvado minha vida ou dera um certo rumo para ela, pelo menos me deu um motivo importante para deixar de me machucar tanto. Aprendera muito com ela, com elas, era o primeiro sabá de mulheres ao qual podia pertencer, sem distâncias, sem esconderijos. Teria gostado de impactar sua vida da mesma forma, que a troca fosse justa, mas por outro lado entendi que nós, filhas, estamos sempre em dívida, não podemos devolver o que recebemos ou o que fica para nós, porque não é natural fazer isso. Nossa missão é transferir o que recebemos para outras, sejam quem forem. Aprendi que a genealogia, sendo um amor herdado, funciona apenas como cascata.

Um reencontro

Era Natal e eu tinha muitas coisas para fazer. Nos últimos anos, procurei trabalhos que pudesse realizar sem deixar de estudar, apesar dos fracassos. Conseguia avançar tanto quanto minha saúde mental me permitia, até que fui capaz de terminar o ensino médio e passar na seletividade* com uma idade em que já devia estar longe daquilo tudo. Tive oportunidade de prestar concurso, minha família acreditava que, se eu não tivesse um apoio constante ao qual me agarrar, minha vida seria um desastre. Talvez não soubessem o que acontecia comigo, mas sabiam que minha vida não ia bem. A

---

* Prova unificada de acesso à educação universitária pública. [N.T.]

ideia de trabalhar no serviço público era completamente repulsiva, não me via capaz de enfrentar um projeto como esse, de me preparar para um cargo assim, nem me comprometendo com nada para um futuro que ainda via nas trevas. Trabalhava no que aparecia, juntava algum dinheiro, gastava e voltava a procurar algo. Em vez de tentar ser funcionária, me matriculei em história. Casava com minhas necessidades, era isso ou filologia, o que fazia sentido para continuar com meu amor infantil por mitos e lendas. Em minha vida, somente conheci a perspectiva do passado e a história foi uma consequência disso. Se fosse capaz de chegar lá, me especializaria na medieval; se não, arrancaria outra folha de minha vida e passaria para a próxima até que não sobrasse nenhuma.

Consegui juntar mais dinheiro que o habitual trabalhando em uma empresa de mudanças. Era pesado, pagavam bem e não havia muito tempo para socializar, era um trabalho pago por serviço e íamos de uma casa para outra bem depressa. Carregávamos, descarregávamos e começávamos de novo. Entregavam um envelope para nós no final da jornada e no dia seguinte, na mesma hora, mas talvez não. Não havia contrato e não havia compromisso.

Andava longe de estar bem, mas a conversa com Eugênia tinha desobstruído dúvidas e caminhos. Decidi parar de me machucar tanto e abaixar as exigências do meu armário. Tentei fazer as pazes com meu corpo usando-o, agradecendo por sua funcionalidade e por sua capacidade de fazer coisas difíceis, mas o perdão ainda estava bem longe para mim. Essa cortina entre mim e minha carne devia permanecer estendida, pois se eu prestasse atenção ao que havia por trás, o fracasso era garantido. Só havia uma forma de comunhão com minha pele, e era a de sempre, longe do sol e sua autoridade.

Minhas relações cotidianas continuavam um desastre, mas desobstruí meu círculo de conhecidos até alcançar uma solidão quase agradável. Menos gente ao meu redor significava menos encenação, tinha apenas umas duas amigas, enfim amigas, aquelas com quem, com muito empenho, eu poderia me abrir em um futuro. Pelo menos na presença delas eu não precisava encenar o número completo do morto-vivo.

Naquele fim de ano queria dar bons presentes. Os de casa estavam comprados e bem guardados, mas tinha um que me animava muito. Eu me propus a renovar as botas da Eugênia, retirar aquelas que ela usava, fazer--lhes um mausoléu, se tivessem como se manter inteiras, e dar à rainha um novo cetro. Encontrei umas bem parecidas na Chocolate, uma loja que fornecia sapatos para *drags*, *strippers*, putas, travestis, mulheres trans, bichas e qualquer uma com poderio suficiente para usar uns saltos enormes como aqueles que vendiam. Escolhi aquela sapataria por seu estilo e não por seus números grandes; Eugênia era pequena e tinha um tamanho de pé pequeno. Fui comprar as botas como devia ser, sem mentiras, eram um objeto importante e não queria que caísse nem uma mancha de hipocrisia em cima delas. Eram para Eugênia.

Com várias precauções e muito assustada, quis que os conselhos de Eugênia não ficassem apenas em um processo de cura interna. Ela não aconteceria apenas com palavras, era preciso ações de reparação, tinha adquirido uma dívida imensa comigo mesma que seguia crescendo e que convinha diminuir, então comecei a conquistar o dia. Havia acumulado roupa que eu gostava, como uma formiga, uma saia com desconto um dia, um vestido longo de liquidação em outro, sapatos de lojas góticas, que eram espaços que descomplicavam o gênero como ninguém mais fazia na moda dos anos noventa, e coisas assim. Seguia com as mesmas rotinas pela noite: saía de casa com a mochila carregada de coisas, me deslocava até o centro da cidade, aos bares que estavam acostumados com minhas trocas de roupa, me maquiava tomando uns cafés e ia caminhar sob o entardecer.

A primeira vez que pisei na rua vestida e maquiada sem ambiguidades, a primeira vez que me apresentei totalmente como uma mulher em público, sem rotas de fuga estéticas que pudessem usar para justificar meu aspecto como uma masculinidade feminina, foi um momento de poder em que não havia inércia ou medo que pudesse me frear. Nunca tinha me sentido assim. A euforia que conhecera na noite que me confessei para Jay voltava multiplicada por cem, era uma euforia adulta, uma felicidade que se impunha a qualquer olhar que pudesse receber, uma vez na vida senti que estava acima do ódio, da vergonha e dos preconceitos. Queria estar ali mesmo mais do que em qualquer outro lugar, queria ser eu sem fantasiar com transformações feéricas. Cada passo de salto contra o solo era uma canção vitoriosa, e parecia que os astros se alinhavam para me conceder um pedaço de divindade. Estava viva e empurrava meu próprio coração para que seguisse batendo, em vez de me arrastar com ele e esperar indiferente que se detivesse. Aquilo que era uma imposição para as outras, o que, por outro lado, eu compreendia perfeitamente, para mim era uma conquista. Nós, mulheres, não éramos abelhas que se alimentavam do mesmo néctar; libertar-se, abrir-se ao mundo, reivindicar um espaço que era nosso é algo que podemos fazer a partir de posições bem diferentes, e todas eram boas. A minha era assim, feminina e orgulhosa.

Por mais que continuasse sentindo medo, na primeira vez que me vi no reflexo das vitrines ou dos abrigos das paradas de ônibus foi toda uma adrenalina e firmeza. O ritual constituído por vestir-se, maquiar-se e apresentar-se ao mundo foi uma forma de transubstanciação. A passagem de uma vida fantasmagórica à corporeidade.

Era preciso muita coragem para montar-se diante do espelho da forma como você entende a si mesma e trasladar essa intimidade para o espaço público, requisitava todas as forças que tinha disponíveis. Devido a essa exigência monumental, com bem pouco era possível machucar muito. Nunca me senti tão forte e tão vulnerável ao mesmo tempo. Como algo tão lindo, algo tão pessoal e tão extraordinário, como compartilhar com o mundo um feito que vibrava pura alegria, poderia ser percebido com tanta maldade por outras pessoas?

Aconteceu várias vezes, não muitas, pois aquelas saídas supunham botar para funcionar uma série de protocolos de segurança que requeriam condições bem concretas que não existiam com muita frequência. Mas aconteceram, e uma parte de mim tinha a esperança de me desfazer mais cedo do cadáver que me revestia. A escuridão continuava ali e o autodesprezo também, mas já tinha experimentado o ar fresco, um ar que eu mesma buscara esperneando como uma besta das profundezas e ao qual não queria renunciar, ainda que fosse em doses pequenas e afastadas no tempo.

Consequentemente, minhas noites melhoraram. Como Eugênia me pediu, comecei a contemplá-las a partir do desejo, a partir do capricho, não tanto a partir da necessidade. A urgência se atenuava ligeiramente e permaneciam o banquete e o pacto divino entre mim e os homens.

As botas eram perfeitas. Acima do joelho, com um salto que era um canino de górgona, brilhante como o petróleo e bem mais confortáveis que as ruínas sobre as quais minha Moraíta caminhava toda noite. Embrulharam a caixa, que era enorme, com o papel de presente mais ordinário que já vira em minha vida, e colocaram um laço de renda fúcsia em um canto. Era perfeito. Quis beijar a vendedora.

Saí com a sacola da rua Hortaleza, onde estava a sapataria, até a Gran Vía. Sentia vontade de dar uma volta maior, anoiteceu rapidamente e fazia frio, que eram minhas condições ideais para caminhar. Usava umas botas de salto grosso, um vestido preto bem justo, de corte sereia, e um casaco preto com manga três quartos. Deixara meu cabelo crescer e já podia fazer um pequeno rabo de cavalo, as mechas que ficavam soltas na frente, que ainda não eram longas o suficiente para amarrar, davam um efeito que eu gostava. Esfumei os olhos com um preto bem intenso e passei um batom escuro, daquele bordô que as rosas vermelhas adquirem quando apodrecem.

A cidade estava transbordando de gente que saíra para comprar e passear. O inverno caía bem para os madrilenhos, ocupavam o centro da cidade apenas pelo prazer de fazer isso, na realidade poderiam fazer a maior parte das compras em qualquer bairro de Madri; mas aproximar-se do centro era uma tradição que não demandava um gasto extra, era o momento de passear, visitar as bancas da praça Maior, passar pela Porta do Sol, tirar onda da inveterada repulsa pela Cortylandia, percorrer a Montera e a Gran Vía até Callao, passar um pouco de frio e aliviá-lo entrando nas cafeterias da região com a desculpa de ir ao banheiro. As vitrines reluziam e iluminavam a cidade com esse ar brega e exagerado que lhe caía tão bem. Sua pele sempre fora cinza e carecia de jogos de texturas de outros lugares muito mais bonitos, em Madri era preciso confiar mesmo no que era acrescentado ao espaço: as árvores, as luzes, o caráter antigo de seus vizinhos, coisas que não serviam para embelezar uma urbe, mas para torná-la confortável. Madri era esse sofá que precisava ser trocado porque estava desconjuntado, mas era tão confortável e carregava em si tantas lembranças dos habitantes da casa que ninguém decidia enxotá-lo, e o jeito era jogar uma manta nova em cima da anterior e assim por diante. Com meus olhos maquiados, meus saltos, meu vestido preto, livre por um momento da tarefa de carregar um morto, livre do peso de uma lua que, voltando daquelas noites no jardim das delícias, iluminava tudo como se fosse um teatro da morte ou um baile de máscaras macabro no qual caminhava para ficar sozinha. Via aquelas ruas que havia percorrido tantas vezes de outras formas, diferentes, novas, reais. Cruzava com pessoas de carne e osso que podia olhar nos olhos e ver vida neles.

Até então, minha existência consistia em colocar uma máscara diante de todo mundo para que se harmonizasse com minha necessidade lacerante de me ocultar. Uma *commedia dell'arte* monstruosa na qual nada podia ser tocado, na qual tudo era fantasia e luvas brancas. Nesse momento, despida de mentiras, vestida de mim, algumas pessoas me davam medo e eu percebia o desprezo nelas, mas fazia isso sem precisar interpretar, sem escutar às escondidas, sem esquinas da consciência nas quais me retrair. Olhava a vida de frente e de cima, exposta de um modo orgulhoso, mostrando-me completamente e vivendo a experiência íntima mais autêntica possível, ali, no centro de Madri, à vista de milhares de pessoas iluminadas por néons de Natal. Já não caminhava mais sozinha.

As ruas pareciam pequenas para mim, e quando cheguei à praça de Espanha decidi seguir adiante, pois nem a mochila nem as botas de Eugênia pesavam o suficiente para que considerasse parar. Precisava continuar enchendo meus pulmões de ar.

A fronteira que a praça de Espanha criava entre a Gran Vía e a rua Princesa se fazia óbvia à medida que você atravessasse a praça dos cubos. O ritmo da cidade diminuía, os sons se atenuavam e tinha menos gente passeando. Era uma fronteira de classe. A Gran Vía não era um lugar para se viver, talvez as ruas e os bairros adjacentes fossem, antes da gentrificação era lá onde moravam as pessoas mais pobres de Madri. Pessoas de qualquer parte da Comunidade iam à Gran Vía e acabavam voltando ao seu bairro ou à sua cidade em um momento oportuno e demoravam a voltar a pisar no centro.

O oeste era outra coisa, região conservadora, abastada e pouco dada a misturar-se com o restante da cidade, exceto para colonizá-la, se fosse do seu interesse. Tinham infraestrutura de sobra e seu próprio comércio, poupando-lhes de suportar nas filas dos caixas gente que consideravam dos piores bairros. Era agradável passear no trajeto da Princesa que desembocava em Moncloa, todas as regiões de classe alta eram assim, as ruas eram mais amplas, e como seus moradores se permitiam o capricho de se comportar como bem queriam quando saíam de seu bairro, dentro dele a civilidade costumava ser irrepreensível. Desde que não detectassem que você não era um deles.

Uma coisa que havia aprendido logo ao passear como mulher era usar fones de ouvido sem música, para que me deixassem em paz e ao mesmo tempo pudesse estar atenta. As distâncias lógicas de polidez não eram as mesmas para as mulheres, que podiam ser interrompidas ou assediadas livremente sem que isso acarretasse os problemas que haveria caso acontecesse o mesmo com um homem. Estava tão alegre naquela noite! Eu me sentia belíssima e encontrara o presente perfeito para alguém que adorava, então decidi ignorar as precauções habituais e botei umas músicas para tocar na parte final do meu passeio. A ideia era chegar até a rua Fernández de los Ríos, que conhecia bem porque era ali que estava a casa em que minha mãe trabalhava como faxineira, cozinheira e cuidadora para uma família de militares, e subir a rua até o final para entrar no metrô da estação de Iglesia e voltar para o meu bairro.

Tocava "This Charming Man" quando entrei na rua, eu estava sorrindo e um pouco bêbada de euforia, sentia o vestido roçando em minhas costas e no meu peito; parecia o barato de se enfiar na cama quando faz muito frio e é preciso esquentar os travesseiros com o corpo, essa sensação que antecipa a comodidade que está prestes a te abraçar e que provoca uma pequena crise de riso. Foi difícil inibir uma gargalhada de pura felicidade.

O primeiro impacto foi confuso. Não me deu tempo de pensar, nem de me localizar. Meu corpo se viu deslocado da esquerda para a direita como se um cavalo invisível o puxasse. Rodei por umas escadas em câmera lenta, o tempo parecia se alongar e se encolher sem sentido, a adrenalina manipulava a situação à sua vontade e parecia estar submersa em um sonho estranho. Parei de rodar e senti uma dor latejante nas costelas, outra e mais outra. Mal consegui levantar a cabeça, mas vi claramente que alguém, que estava com o rosto meio tapado com uma gola, me chutava de um lado com coturno. Os golpes começaram a chegar de todas as direções e logo depois parou de doer. Os fones caíram, mas estavam bem presos no casaco, e eu escutava a música a distância, como se estivesse atrás de uma cortina grossa. Cobri meu rosto e busquei me encolher, mas os golpes faziam seu trabalho e meu corpo deixava de me pertencer.

"*Ah, a jumped-up pantry boy. Who never knew his place...*"

Tentei me levantar duas ou três vezes, mas minhas pernas estavam frouxas, como se não tivessem articulações. Correr nunca foi uma possibilidade. Pensei nas botas de Eugênia, tomara que tenham caído ali perto, nas escadas, e que estejam intactas. Ela precisava delas. Minha boca ficou cheia de sangue que não podia engolir e me deu ânsia, vomitei tudo ajoelhada, tentando sustentar meu torso firmando os cotovelos no chão.

— Vai fazer a bicha botar o fígado para fora, chuta mais!

Tudo acontecia muito devagar, me dava tempo não somente de pensar, mas de divagar. A voz que os incentivava a me socar até botar o fígado para fora me parecia familiar, mas logo depois se mesclou com a dos demais, um grupo de mais de sete homens, mas menos de dez. Como estava no chão, não tinha como contar quantos eram, pois quase todos estavam contra a luz.

Minha roupa subiu até quase meu peito, senti frio, e isso significava que já não estavam mais batendo em mim. Um deles aproximava a ponta de um taco de beisebol da minha bunda e dizia aos demais que o meteria inteiro dentro de mim.

— Deixa disso, que nojo, vai acabar levando um monte de merda de bicha para casa – outro respondeu.

Continuaram ao meu redor por um bom tempo, tentei me sentar ou voltar a ficar de joelhos, mas um deles botava uma bota na minha cara e me empurrava para me manter no chão toda vez que tentava.

— Aonde vai, puta? Ainda vamos ver se te matamos, bicha, puta de merda.

Dentro de mim, escutava batidas de porta, como choques na madeira. A esperança se desvanecia como se os holofotes de um teatro fossem se apagando um a um. Um demônio solar estava me esperando do outro lado do sangue para rir de mim.

* * *

"I would go out tonight. But I haven't got a stitch to wear..."

Vi a cara de Eugênia diante do espelho, iluminada por uma vela, vi-a empalidecer e cuspir sangue; me vi, vestida como um homem, dando as costas para mim mesma e desaparecendo, ao caminhar rua abaixo enquanto assoviava uma música infantil; vi a lua, vi seu rosto, vi sua foice e chorava por mim; vi uma roda de mortos tentando falar comigo com suas bocas sem língua; vi meus homens-dragão dançando como se fosse a última vez, vi-os se beijando, vi-os tirando a roupa, vi-os se entregando uns aos outros sobre um leito de flores; vi minha vida inteira se afastar de mim; vi todas as mulheres do mundo me dando adeus; vi meu irmão, o penúltimo homem bom sob o sol, me procurando nas brumas; vi minha mãe chorar curvada sobre mim, me cobrindo com seu corpo, descabelada, com os olhos inchados, babando e sem poder gritar meu nome, porque eu não tinha um.

A última coisa que vi, antes de desvanecer na escuridão, foram uns olhos pequenos, azulíssimos e puxados se colocarem na altura dos meus.

— *Sieg Heil*, puta – uma lambida quente na bochecha, um golpe na mandíbula. Depois, a escuridão.

— Você foi longe, Porco.

"He knows so much about these things..."

E nada mais.

Como se narra o nada, como se faz a memória de uma via morta, como? Tiraram tudo de mim e não restou brasa para avivar. Acabou-se o sabá, acabou-se o orgulho do salto alto, o armário se fechou sobre mim como um ataúde. Adeus para tudo isso. Adeus para minha vida. Em profundezas maiores que qualquer outra em que tivesse permanecido antes, escutava as esferas se moverem, mas não podia vê-las, escutava a dança das marés, mas não participava delas. Ali embaixo, aonde a luz não chegava, onde apenas permaneciam iridescências traiçoeiras, me conformava a fazer delas meu céu e minhas estrelas. Todas as vozes chegavam amortecidas no abismo, as perguntas não tinham rosto, nem propósito, e a todas respondi sim. Naquela escuridão selvagem se moviam forças que não compreendia e caíam corpos mortos, lançados da superfície, dos quais me alimentava em minha fome de peixe abissal horrendo.

Minha carne esfriou, meu coração era inércia e vagueza. Estava, também, detida em um choro interminável que não alterava as ondas do vazio, meu amante era o silêncio e me dava nojo. A lua, tampouco, chegava até ali, nem as tiranias do sol, não é possível contar o nada. Não é possível.

Ninguém se importava a ponto de descer até onde os nomes são esquecidos. Se tivesse como trocar olhares pelo menos uma vez, uma só vez, teria tido motivos para estender minha mão para o vazio, esperando que alguém a pegasse. Mas não foi assim. Pois chegavam os pesadelos: luzes tremeluzindo, mantos brancos e lentes sobre minha pele. Mais perguntas para as quais dizer sim. O rosto do meu irmão me procurando desesperado na superfície de um oceano que não compreendia. Outros rostos para os quais dizer sim para tudo. Sim, para tudo. A intuição de que alguém estava ocupando meu lugar e se dedicava a bagunçar minhas gavetas, meu quarto, minha carne, meus afetos.

A natureza das profundezas é o que é, não é possível pedir ao abismo para ser algo diferente de uma escuridão que engole tudo, na qual os pesadelos são fosforescências que também se diluem no tempo, uma escuridão que digere a bondade.

Se a superfície do nada pode ser percorrida, comecei a fazê-lo como o mofo se move, ou como um coral bastardo que se alimentasse do escuro. Um passo em direção a lugar nenhum, dois passos, três passos arrastando os pés e deixando sulcos na areia fria, sobrepujando corpos consumidos com meus dentes de prata doente, mais passos sem memória e sem consciência. Subi por muros desconhecidos às apalpadelas, suas saliências arranhavam minha carne até chegar às regiões de águas menos turvas, nas quais se intuía a luz em uma elevação que pude reconhecer.

Esperneei. Esperneei por instinto, por fúria, por fome, por vingança, por amor, porque não podia morrer assim, antes na memória do mundo do que em minha própria consciência. Subi mais para cima, mais para cima, mais azul, mais jogos de luzes. Percebia que a água se amornava e acariciava minha pele, dando-me boas-vindas. Quase podia tocar a superfície como se fosse um céu prometido, vi rostos fantasmagóricos me esperando, vi a silhueta de um corpo morto que se balançava contra a luz, o alcancei, o atravessei, me meti dentro e respirei tão fundo que quase arrebentei meus pulmões. Abri os olhos.

E passaram-se treze anos.

A pele fria

Quase não pisava em San Blas, no melhor dos casos fazia apenas uma visita mensal aos meus pais, mas fui testemunha das enormes mudanças que aconteceram no bairro. Ele envelhecera e não havia rastro da sua vida na rua. Tornara-se residencial ao gosto dos governos conservadores, vendendo um aburguesamento fictício na forma de ampliações urbanísticas com piscinas comuns na periferia. Essas construções não chegaram ao coração do bairro, mas seus habitantes copiavam os modos de vida e as aspirações que se associavam a elas. A maior parte dos velhos conjuntos habitacionais tinha sido demolida anos atrás, realocando os vizinhos, e também meus pais, em edifícios mais altos, de tijolo laranja, com saguões e patamares amplos. Os apartamentos eram bem mais espaçosos do que aqueles que tinham deixado para trás, de dois ou três quartos, paredes de placa de gesso e cozinhas nas quais cabia uma mesa pequena para comer.

Já não era mais aquela vizinhança que podia ser brutal e terna. A heroína fizera seu trabalho e se retirara como uma maré tóxica. A maioria das vizinhas de que me lembrava estava morta ou era tão velha que já não reconhecia mais suas próprias ruas. As redes de pequenos cuidados foram se desfazendo a cada funeral, só era possível ver as novas famílias nos corredores dos andares, na entrada dos prédios ou nas poucas lojas que restavam. Minha geração e alguma das anteriores, as que deviam substituí-las e manter certo espírito do bairro, ficaram pelo caminho. Apenas restava a memória guardada por seus pais, cansados de chorar por elas. O paradigma mudara e a vida acontecia das portas para dentro, isso não era bom nem ruim, talvez um pouco triste, vendo da perspectiva de uma vida em comunidade, mas todo olhar para trás tende a adoçar situações que não deixavam de ser amargas. A consciência de classe tinha minguado definitivamente, não dava para esperar que fosse voltar a ver um bairro unido e defendendo-se das maquinações patronais ou dos abusos das políticas de direita que tinham devorado a cidade inteira. Se era possível balançar o espantalho da nostalgia, essa era a opção certeira, a da solidariedade operária. E parava por aí. Como a crueldade diminuíra, outras vidas *queer* floresciam onde antes não havia opção, ainda que não fosse um paraíso de convivência, apenas havia um pouco mais de paz. Não eram muitas vidas, nem eram óbvias, mas estavam lá, vivendo das portas para dentro, com a opção de ocupar uma pequena parte do espaço público se fosse o caso. Era bem amargo comprovar que, pelo menos ali, não era possível ter as duas coisas e que ser diferente era algo que demandava um isolamento para manter a cabeça erguida, era preciso buscar alianças em outro lugar. Se com cinco anos me perguntava por que nós, mulheres, não parecíamos ter lugar entre "os companheiros", como mulher trans, como bicha praticante, assumia isso quase com naturalidade. Tinha desenvolvido minha consciência operária sabendo que eles e elas, meus iguais de classe, me deixariam cair sempre que precisasse de ajuda em vez de adaptar uma parte da luta comum para abrir uma brecha para mim.

    Terminara meus estudos e não pulava mais de trabalho em trabalho. Também conseguira minha independência, se é que se podia chamar de independência o fato de dividir apartamento com três ou quatro pessoas.

Trabalhava há dez anos como livreira, uma ocupação mal paga e com horários devastadores, que me permitia viver a duras penas em uma Madri que não deixava de ser hostil para os pobres. Ser livreira não me tornava a pessoa mais feliz do mundo, mas me permitia continuar apegada à palavra escrita, às vidas das outras, reais ou lendárias, que é aquilo de que precisava por não ter uma própria. Meu desempenho não era nada de mais, mas também não era a pior, fazia minha parte logística do melhor jeito possível e acredito que era capaz de transmitir algum amor pelas histórias que me pareciam comoventes. Não era auxiliada por nenhum outro magnetismo. Nunca fui como as livreiras com as quais aprendi, que adivinhavam as necessidades dos leitores assim que entravam pela porta e pareciam falar uma linguagem distinta que continha todas as histórias. Eu amava os livros tanto quanto elas, tentava aprender essa linguagem da sedução, mas não me foram concedidos os dons da inteligência e da perspicácia necessários para dominá-la, então eu as escutava e vivia a profissão através delas. Fiz o que sabia, orientar-me na direção de um mundo que não era o meu, deixando-me impregnar pelo que podia tocar e olhar a partir de uma distância prudente o que não acessava. Minha vida não era vida, mas na livraria tinha todas as histórias ao meu alcance, fantasias intermináveis com as quais alimentar minha capacidade infinita de ansiar. O trabalho me mantinha ocupada, quieta e, acima de tudo, longe de San Blas, toda minha vida me doía e não tinha uma rua que não me provocasse um atrito insuportável, especialmente as de minha infância e adolescência.

Nunca recuperei as botas novas de Eugênia, nem cheguei a dá-las, pois não voltei a vê-la, tampouco voltei a ver a mim mesma. O mundo de Eugênia era o mundo das mulheres, aquele do qual havia sido expulsa para sempre. Pensar em retomar minha vida do mesmo ponto em que a deixei nas escadas, lá embaixo, em Argüelles, me tirava o ar, me fazia pressagiar o próximo corretivo, e já tinha sido o suficiente. Naquela noite, arrancaram minhas vísceras e as espalharam pelo asfalto para que minha carne trans alimentasse os pobres ratos. Eu estava oca e, além do medo, me sentia reprimida. Era uma mulher, e isso não podia ser extraído de mim como se fosse um tumor, mas era algo possível de inibir com pressão suficiente. E eu mesma fiz isso. Pressionei e fechei minha cela por dentro.

A questão é que nós, mulheres, somos determinadas, e de vez em quando eu arrancava as paredes de meu confinamento, chutava os muros, gritava e puxava meus cabelos, feito uma bacante desapropriada dos flancos do monte Citerão para ser jogada em uma masmorra suja. Isso costumava acabar nas unidades de emergência psiquiátrica que estivessem mais próximas, colecionei relatórios nos quais me diagnosticavam diferentes doenças mentais, que nunca coincidiam. Não me faziam perguntas, me dopavam, me deixavam descansar umas horas e me permitiam sair no dia seguinte acompanhada por meu irmão. Que sempre estava lá para recolher meus restos quando precisava dele, silencioso, terno e frustrado com essa distância que eu lhe impunha e que ele não sabia como sobrepujar. A única coisa que podia fazer por mim era me devolver à minha vida e esperar o próximo fracasso como um anjo da guarda atravessado por um destino ruim. Sempre o amei muitíssimo e sentia sua falta, mesmo que estivesse perto.

Como existem no universo poucas forças mais poderosas que a inércia, a minha, lunar, me levou a tentar beber daquela que tantas vezes foi minha fonte da vida uma noite após a outra, mas os homens-dragão não aceitavam minhas oferendas do mesmo modo. Não me apresentava como devia, não era a mesma e obtinha outras liturgias. Descobri que a beleza que cheguei a perceber em mim no passado não era um dom que meus amantes me concediam, era o que eu fazia com o que deixava sair naquelas noites, dependia de mim, de como me movia, de como me endeusava e da forma tão linda como me submetia. As mãos que antes aceitavam uma delicadeza suja, os quadris que se adaptavam à feminilidade galopante que lhes oferecia, não dançavam comigo da mesma forma. No instante em que me dei conta de que naquela intimidade era um homem como os demais, que não sobrava nada de mim, que me desejavam pelas razões erradas, quis desaparecer, liquefazer-me e jogar-me em um sumidouro, ser material de rejeito. A fonte estava seca e tive que dizer adeus aos dragões, com o coração quebrado e a pele fria.

Joguei no lixo todas as minhas roupas femininas no dia 2 de fevereiro do ano 2000, e era evidente que tinha me desfeito de algo além de saias, vestidos, meias e sapatos. Fiquei diante do balde de lixo até que minhas pernas ficaram dormentes por causa do frio. Eu me lembro de como a neve derretia em minha cara e resvalava por minha cabeça recém-raspada. Quando já não conseguia mais continuar tremendo, fui embora e não olhei para trás.

Humilhava-me não ter determinação suficiente para me suicidar, não ser capaz de alcançar esse último estado de coragem que me livrasse de todo mal. Humilhava-me ter a convicção absoluta de que anos de dor e puro nada me esperavam antes que tudo acabasse.

Voltar

Em março de 2012, com trinta e quatro anos, tive que voltar para San Blas por ser incapaz de sustentar uma casa própria em que pudesse cair morta, ainda trabalhando com um contrato indefinido em jornada integral. Foi devastador. Não tanto pelo orgulho adulto ferido, nem pela sensação de fracasso de me ver em uma situação assim. O aspecto pessoal pesava muito mais que o geracional, pois ver o mundo se decompor por causa da avareza e da crueldade capitalistas era algo que me afetava, mas não estava suficientemente viva para que isso quebrasse um ego que eu não tinha. Voltar para San Blas era terminar de me enterrar, fechar um círculo do qual nunca tivera a possibilidade de sair, exceto como tortura de uma entidade solar que gostava de me ver sofrer. Cada vez que pude respirar fundo o ar fresco, aplicava-se em seguida um corretivo absurdo, e o que restava de mim era justamente isso, uma existência corrigida que estava com as costas arqueadas de tanto obedecer.

Meus pais me receberam com carinho e pareciam felizes que eu estivesse lá. Estavam mesmo, e eu lhes agradecia por isso. Eles me olhavam com ternura e tristeza, e entre si, como se já tivessem conversado que algum dia eu teria que voltar para casa e soubessem disso há tempos. Eu era a criança frágil, a franguinha coxa.

Passava o dia fora, entrava no trabalho às dez da manhã, tinha umas duas horas para comer ao meio-dia e minha jornada terminava às oito e meia, o que sempre acabava sendo umas oito e quarenta e cinco. Via meus pais no café da manhã e no jantar. Como também trabalhava sábado de manhã, tinha um dia e meio livre no final de semana, e costumava passar esse tempo enclausurada em meu quarto, lendo ou assistindo a filmes, saindo para correr compulsivamente como forma de aliviar a ansiedade, até duas vezes no mesmo dia ou dando longas voltas no cemitério de Almudena. Buscava devolver com o mesmo amor a hospitalidade e os cuidados que me proporcionavam. Aquele que me restava. Quebrava meu isolamento tanto quanto minhas forças permitiam, começando por limpar o banheiro e dando aquela faxina, que é a forma de demonstrar amor e respeito de verdade em uma casa. Buscava não pular nenhuma refeição com meus pais e dedicava-lhes algum tempo de vez em quando. Escondi minha vida toda deles, mais do que para qualquer outra pessoa, pois foi deles que escutei as primeiras frases que me convenceram de que era uma criança torta, alguém que devia se esconder por baixo de outra coisa, mas me amavam como feras e sempre souberam transmitir isso.

Levamos tempo para aprender que os contrários podem acontecer ao mesmo tempo, mas quando entendemos, vários nós se desatam. Minha mãe me vigiava como uma velha leoa em tempos de seca, se aproximando com a pata, colocando seu corpo junto ao meu e me dando lambidas na forma de suspiros de preocupação e carícias com as duas mãos no rosto, como se me segurasse. Meu pai permanecia como sempre, em silêncio, à espreita, tentando servir de parapeito entre mim e a vida, com sua atitude de rei elefante. Não eram tão velhos, mas o trabalho sem descanso lhes cobrava seu preço. Meu pai estava prestes a se aposentar, seu cabelo estava já completamente branco e se movia devagar. Recuperou-se bem de seus problemas coronários, mas era preciso lembrar que trabalhava desde os dez anos, e um corpo pode muito, mas não pode tudo. Minha mãe padecia de um estado avançado de uma doença degenerativa neurológica e óssea, a avaliação médica dizia que ela não podia continuar trabalhando, mas a afastaram com uma pensão vergonhosa para uma mulher que não fez outra coisa na vida a não ser se descadeirar de tanto limpar. Ela se rebelava contra sua condição de doente com o vigor de sempre. Quando a dor lhe dava trégua, botava a casa de pernas para o ar, saía para caminhar e fazer qualquer coisa para exprimir esses parênteses de bem-estar.

Quem dera ter sabido aproveitar aqueles momentos de paz, essa proteção. Nunca tivera uma situação melhor do que aquela para falar com sinceridade, entre adultos, poderia ter extraído a dúvida e a culpa que os corroía, nas horas do primeiro café dos domingos, cedo, quando ainda víamos por trás das janelas e era possível pensar devagar, mas com profundidade, como se ainda se conservasse a qualidade deslizante do sonho, ou nos silêncios da sobremesa, quando tudo já estava recolhido e limpo, e não havia nada mais para fazer a não ser deixar o tempo passar e o sol cair. Nunca tivemos oportunidades melhores para conversar. Mas não teve como. Tinham certeza de que cometeram erros fatais que me tornaram uma desgraçada. Percebia isso em cada expressão, em cada gesto e em cada reação aos meus silêncios ausentes. Em meu peito, nas minhas costelas, em minha garganta se agitava uma mulher que suplicava poder assumir o controle, ela, sim, tinha as palavras exatas, ela teria sabido abordar com delicadeza e compreensão uma conversa que poderia ser dura, mas que prometia ser libertadora para todos.

Não tinha como aliviar a pressão. Não conseguia vê-los com olhos adultos, não sei qual filha consegue fazer isso, se é que isso é possível. Em seu amor, em sua proteção, eu retrocedia nos passos de minha vida e voltava a gaguejar e a pensar na rejeição como uma pequena menina faria. Ser trans me obrigou a amadurecer rápido demais no que se refere a autoconhecimento, mas me manteve pueril e insegura nas relações mais próximas de minha vida.

Existem famílias nas quais o amor se torna fúria e negação quando percebem que o solo em que pisam não é firme. Amores mal assentados que, diante da ferida em um de seus membros, aplicam um torniquete em vez de limpá-la, pressioná-la até que pare de sangrar e cobri-la com gentileza. Sempre foi nosso caso. A gente se amava muito, mas nos amávamos com urgência demais.

Minha mãe costumava se sentar para costurar botões ou fazer algum outro remendo de tarde, nessas horas mortas antes do pôr do sol. Meu pai ficava perto dela, e ambos escutavam a rádio ou ligavam a tevê para não assistir a nada. Enquanto isso, na cozinha, sempre tinha algum ensopado no fogo lento para comer no dia seguinte, porque tudo ficava melhor no dia seguinte. A casa inteira ficava com cheiro de cebola, alho, tomate, pimentão e páprica. Gostávamos de adiantar o prato do dia seguinte, o cheiro de comida pronta e bem-feita sempre tinha algo de esperança em si. A segurança de saber que, pelo menos por mais um dia, haverá pratos cheios na mesa para nos reunirmos, haverá um amanhã no qual não faltarão sopinha quente e vagens macias.

Em uma dessas tardes lentas como o óleo, me atrevi a dar algum passo e tentei dizer a eles como estava. Começava agradecendo por terem me acolhido e perguntava como estavam, se suas preocupações se aliviaram depois de me verem chegar no estado arruinado em que cheguei em casa. Minha mãe, leoa em perpétuo alerta por suas crias, mesmo que já tivéssemos idade para ter as nossas, tamponava minhas palavras com esse amor intervencionista das mães que viram outras mães enterrarem os esqueletos de suas crias mortas, temendo o pior.

— Você não precisa agradecer nada – dizia quase irritada. – Esta é a sua casa, enquanto a gente estiver vivendo aqui não vai faltar nada para você, o que você precisa fazer é se recuperar e ficar bem. – Ficar bem. Ficar bem. Ficar bem.

Era todo um eco que me repetia, que precisava ficar bem, quando nem estava. Nessas oportunidades, meu pai levantava do sofá e se aproximava da cozinha para dar uma olhada no ensopado, abria a geladeira, preparava um lanchinho de qualquer coisa que tivesse, voltava para a sala, dava uma mordida e imediatamente oferecia para mim. Era sua forma de dizer que não tinha a menor ideia de como falar comigo, que nunca me entendeu, mas que estava disposto a tirar a comida da própria boca para me alimentar. Que me amava até a inanição se fosse necessário. Nosso amor familiar se mostrava nas horas erradas, e as circunstâncias não nos ajudaram a aprender a nos comunicar. Ninguém consegue sair incólume de uma vida inteira dedicada a arrebentar o próprio corpo para manter uma casa em pé.

A merda do trabalho nos tirou tempo e oportunidade de nos educarmos juntos, e tínhamos apenas um amor em estado bruto, algo poderoso demais que não sabíamos dosar. Algo que nos tornava egoístas e exigentes uns com os outros, algo que obrigou meus pais a criar expectativas impossíveis de atender sobre sua filha trans que gostariam que fosse como o Cordobês, um garotão valente, um bom conquistador, um homem dos pés à cabeça.

Um prato
de cogumelos

Voltar a ver Margarida foi como sentir uma rajada de ar frio se enroscando ao redor de minha coluna vertebral. Uma imagem de um mundo que foi prometido a mim e que já não era mais o meu, um mundo em que não podia entrar sem ser castigada de alguma forma que não conseguiria aguentar. Margarida era o tipo de fantasma que sabia que me esperava no bairro, uma aparição de que eu não precisava. Quando você se enterra ainda viva, toma todas as outras por enterradas, como se levasse para o sepulcro um mundo inteiro que acredita ser seu e para o qual, por fim, você era apenas uma peça prescindível.

Em um sábado, voltava do trabalho perto das três e meia da tarde, e lá estava Margarida na entrada, com seus cabelos brancos e descuidados, magérrima, com uma bata rosa um pouco menos lustrosa do que as que costumava exibir, arrastando um carrinho de oxigênio ao qual estava conectada por meio de cânulas nasais que tirava para fumar. Afastava-se uns passos do galão de oxigênio para acender o cigarro e fumava devagar. Vê-la assim, consumida, traçava fios inevitáveis com outras mulheres de minha vida. Se o tempo tratara Margarida assim, como estaria Eugênia? Como aquela puro sangue teria confrontado os anos? Via na consumição de Margarida a minha própria, a interna, e me imaginava perdendo o cabelo, a carne e as unhas entre paredes cada vez mais estreitas.

Novamente, Margarida fazia a Pítia e me mostrava previsões funestas que não queria ver. Não conseguia enfrentar a pontada do remorso por ter abandonado meu sabá, minha outra mãe, minha amiga. Que tipo de filha da puta faz isso? O armário trans me tornou egoísta, eu arrancava qualquer fragmento do que me rodeava para continuar construindo defesas, incluindo as vidas que não eram a minha. No processo, abandonei as pessoas que não me serviam ou que ameaçavam quebrar o que eu armara com tanto rancor. Voltei para o bairro por necessidade, e a única coisa que eu queria era que me deixassem definhar em paz por trás de minhas ameias de pele, ossos, tendões e madeiras mortas.

— Acabei de ver a Margarida, você não me contou que ela continuava viva – disse assim que entrei em casa, antes de deixar as chaves no pratinho da entrada.

Minha mãe refogava uns pedaços de alho para finalizar a comida.

— Ai, coitada, está péssima, está com câncer faz muitos anos, deve ser terminal já.

Uma coisa que minha mãe conservava era a antiga tradição do bairro de dar a extrema-unção antes do bom-dia. Onde havia uma doente, estavam os corvos de San Blas adiantando sua morte para ter sobre o que falar.

— Ela come o que a paróquia dá, nossa, é uma merda; leite, macarrão, tomate, pão de fôrma e grão-de-bico. Me dá um nervoso ver como esse padre chinfrim oferece essas cestas miseráveis como se estivesse fazendo grande coisa. A gente vê como os pobres não têm direito a comer nada além de pão, isso é muito absurdo.

— De vez em quando levamos uns tomates e uns pepinos para ela fazer uma salada – interveio meu pai. – E sua mãe guarda um pote de sopa para ela quando cozinha uma panelada. Ela está um lixo. As vizinhas que ela tinha, a senhora Reme e a Cosco, ambas morreram. E Assun, a Coxa, foi morar em Benidorm com uma amiga, formaram um conjunto que canta as músicas de Las Grecas.

Bom para Assun, pensei.

— Não tem mais ninguém no prédio, está tão sozinha!

— E não tem aposentadoria? Ou tem e é pouca coisa? – perguntei.

— Aposentadoria do quê? Entre os anos de puta e os anos faxinando sem pagar impostos, deve ter declarado meia hora. Vai conseguir duzentos ou trezentos euros no máximo.

— Olha, já que você está aqui, não tira o sapato e leva uns cogumelos refogados para ela, eu fiz uma panelada daquelas e já guardei para seu irmão. Vai logo para não esfriar.

Minha mãe tinha dessas coisas, podia ser desconfiada, mas não suportava o sofrimento alheio. Ela não fazia ideia do que estava pedindo para mim e não tive coragem de explicar, então lá estava eu na porta da Margarida, com um prato quente de cogumelos refogados, coberto por um papel alumínio em uma das mãos e um tremor cheio de suor na outra.

Demorou para abrir, escutava perfeitamente o carrinho de oxigênio rodar pelo chão, depois ferrolhos e correntes passando e finalmente Margarida apareceu pela fresta que abrira.

— Mas olha, criatura, que está fazendo aqui? – seu peito assoviava ao falar, estava muito pálida e sua testa suava.

— Me reconhece, Margarida? – não sabia o que mais perguntar.

— Como não reconheceria essa sua carinha de anjinho que não muda nada?

Nós duas caímos na risada. De todas as coisas que nunca esperei escutar em meus trinta e quatro anos era que minha cara parecia com a de um anjinho, justamente a coisa mais doce e improvável de todas.

— Pelo amor, senhora Margarida, anjinho? Sua pele está maravilhosa, mas sua visão já era.

— Entra, meu bem, não fica aí. E não me chama de senhora, faça-me o favor, eu te vi nascer.

— Não, mulher, é coisa rápida, só vim trazer uns cogumelos refogados que minha mãe mandou, ela acabou de fazer. Vou deixar contigo e voltar para casa porque ainda não comi.

— Como preferir, lindeza, agradeça à Jimena e diga que veio na hora certa. E como você está? – perguntou como se antecipasse minha resposta, franzindo o rosto e enrugando os lábios.

— Bem, Margarida, tocando a vida. Não vou tomar seu tempo.

Não insistiu.

— Quando quiser, vem buscar o prato e fica para um café, vou gostar de conversar contigo e saber como tem ido.

— Claro, Margarida, se cuida.

Fechou a porta e fiquei ali na frente por um bom tempo. As coisas mundanas eram as ferramentas mais eficientes do destino, e a primeira vez que Margarida e eu conversamos a sós foi por causa de uns cogumelos refogados de merda. Sentei na escada da entrada e, como não tinha perdido o mau hábito de chorar sozinha, decidi que aquele era um momento para recuperá-lo.

Meu Deus, o que é que eu estava fazendo comigo, o que fizera esses anos todos, qual é a fórmula de silêncio que inventei que apodreceu minhas entranhas assim? O rosto quase asfixiado de Margarida me beijava as bochechas para me acordar como em um conto mal contado. Dentro de mim derretia uma geleira, podia escutar os estalos do gelo perpétuo cederem de uma vez só. Nada me preparara para aquilo, mas todas as deusas que viviam me observando desde que vim a este mundo o esperavam. Quem dera tivesse tido a coragem de me levantar para bater na sua porta e me confessar para ela.

Não queria regressar a esse estado de noviça travesti em busca de madre superiora, esse mundo não podia ser meu, não podia. Voltava a rezar ao esquivo Deus de minha mãe de leite e sangue para que me afastasse dali, e, ao mesmo tempo, precisava ficar.

A extrema discrição das novas famílias do bairro e sua pouca vontade de sair de casa agiam em meu favor; estava ali, incapaz de conter as convulsões de um choro que demorara mais de uma década e provocava um eco de arquejos pela escada, sem que ninguém se intrometesse. Tudo por causa dos malditos cogumelos e pela velha tradição de merda do bairro de ficar de olho nas vizinhas necessitadas. Levei um tempo para me recompor e voltei para casa pensando em desculpas que explicassem minha cara congestionada e por que tinha demorado tanto em uma tarefa tão simples.

Outra coisa que pensei foi em voltar a ver a Margarida. Nunca poderia lhe dar botas novas, mas não ia deixá-la sozinha, por mais que fosse difícil voltar a esbofetear minha cara nos sonhos. Minhas defesas tinham caído.

La gata bajo la lluvia

Comprei uma cafeteira francesa, quatro ou cinco pacotes de café de moagem grossa e me encarreguei de que não faltasse leite. Por ter voltado para a casa de meus pais, meu pequeno salário rendia muito mais, conseguia poupar metade e ainda me restavam mais de quatrocentos euros para gastar. Meus pais não aceitavam que eu contribuísse de forma nenhuma, nem compras sem consultar; depois de tentar várias vezes, me dei por vencida e entendi que isso era uma questão inabalável para eles. Independentemente de nossa idade, na casa deles, se encarregavam de proporcionar o sustento, e não havia Deus que pudesse fazer algo que mudasse isso.

* * *

Decidi que esse dinheiro extra serviria para que Margarida tivesse que ir menos à igreja, que não lhe faltasse o básico e parasse de se alimentar de massa todos os dias de sua vida. Também por minha conta, decidi ligar a calefação para ela de vez em quando e pagar a fatura, pois esse frio acumulado nos muros estava acabando com sua saúde tanto quanto o câncer. Ninguém devia viver assim. Acostumei-me a tomar café da manhã com ela pelo menos uma vez durante a semana, logo cedo, e a passar a tarde inteira de domingo com ela até botá-la para dormir, posicionando bem o oxigênio. Nossa relação se desenvolveu com tanta naturalidade que não deixava de me perguntar o que teria acontecido se tivesse me atrevido a falar com ela quando era adolescente. Estava cansada dos condicionais, via cada passo em falso dado em minha vida como uma ação ridícula e totalmente evitável. A violência fora real e compreendia minhas motivações, mas o medo me passou a perna de tal forma que fiz tudo ao contrário.

A casa de Margarida estava abarrotada. Era a fantasia bicha e travesti que sempre imaginara, cheia de fotografias em molduras pomposas, poltronas velhas e bem pouco usadas com tapeçaria de flores e tapetinhos de renda nos braços. O chão quase todo estava coberto por tapetes lisos e vermelhos, como se fossem de bingo ou escada de café-teatro. Isso se tornava ainda mais real em uma das paredes da sala de estar, que estava forrada com um papel de um vichy ousadíssimo em cujo centro um leque gigante se levantava majestoso, imitando o rabo de um pavão-indiano. Tinha uma enorme cama de madeira de pés bem destacados, que subiam por uma boa altura, e um edredom rosa de cetim falso que a cobria. A primeira vez que me levou para conhecer a casa toda quis lhe abraçar por ter confirmado um dos sonhos mais bichas de minha vida. Margarida era minha versão do tio Randolph de *Outras vozes, outros lugares*, um personagem que marcava minha vida a fogo, uma travesti cuja casa afunda inexoravelmente em um pântano, para quem não restam forças, exceto para segurar a taça de *bourbon* e alongar os cílios. Truman Capote teria rezado um pai-nosso sulista para Margarida, se a tivesse conhecido.

Ela dava um jeito para manter os espaços limpos, mal dava uns passinhos e já estava cansada, mas aos pouquinhos ia passando um pano nas coisas, um dia em um móvel, em outro em uma mesa e, nos melhores dias, quando não lutava com as cânulas nasais e tinha oxigênio suficiente no sangue, até dava uma varridinha em um pedacinho de chão. O resto nem precisava tanto, por falta de uso. A casa não estava de todo limpa, mas apenas acumulava pó, que é o hálito do tempo se depositando sobre nossas coisas para que lembremos que ele continua passando.

— Ah, mas olha só essa foto, Margarida – estava tagarelando com ela sobre um álbum de capa preta com rodapés dourados que ficava meio escondido em uma estante, atrás de um palhaço de cerâmica horroroso.

— Qual? – me perguntou meio sorrindo, se fazendo de tonta, porque sabia perfeitamente que iria me encontrar naquele álbum.

— Nossa, Margarida, você parecia a Amanda Lepore quando era jovem, não aguento. – Na foto ela estava posando com os saltos em cima de uma poltrona preta que estava a meio caminho de cair, apoiando o cotovelo para manter a cabeça erguida como uma aristocrata esperando ser bajulada. Estava radiante.

— Essa foi um cliente que tirou, se chamava Agostinho, eu gostava de estar com ele, estávamos em um café cantante[*] que se chamava Lady Pepa, um lugar muito divertido que apresentava peças curtas e picantes. Metade das bichas endinheiradas de Madri ia lá para tomar

---

[*] Especificamente na Espanha, foi um tipo de estabelecimento em que o espaço de um café também recebia espetáculos de teatro popular. [N.T.]

um drinque. Quem ia lá era o Mendizábal, o escritor de peças de teatro, que era uma bichinha graciosíssima e muito esperta. Mas era mais de direita que torneira de água fria. Se eu te contasse quem tinha visto ali... É que eu não gosto de falar, mas, enfim, se conto, me matam igual a Marilyn.

Fez um gesto com a mão para que eu me aproximasse, e quando considerou que estávamos a uma distância segura, o suficiente para nos esquivarmos das escutas do CNI,* sussurrou: "Lá conheci o Fraga, e fique sabendo que graças a ele comprei dois ou três pares de ótimos sapatos."

— Como assim o Fraga, Margarida? Não tira onda de mim assim, que eu piso no seu tubo de oxigênio e acabo contigo.

— Sim, senhora. Fraga, Manuel Fraga, o ministro, pior que uma diarreia com tosse, de tão nojento.

Imaginar o Fraga de cílios postiços e lambendo saltos travestis o humanizava um pouco, precisei lembrar que era um canalha sanguinário para não deixar que entrasse no salão da dignidade.

Quanto mais tempo passava com Margarida, menos me sentia sobrecarregado. Nunca me perguntava nada sobre minha vida, mantinha essa distância que o bairro

---

* Centro Nacional de Inteligência. [*N.T.*]

nos ensinara, mas dava seus jeitos para me incluir entre suas iguais. Usava o "todas nós" com naturalidade e me fazia perceber que aquele era um lugar seguro no qual poderia descansar quando estivesse pronta. Estar recuperando um espaço que já fora concedido a mim antes era algo que mordia minha consciência, tomara que Eugênia não tenha me odiado depois de tudo, tomara que alguma santa tenha revelado a ela em sonhos o que aconteceu comigo.

A saúde de Margarida estava se deteriorando bem depressa, mas estava contente de me ver ali com frequência. Cada vez conseguia se mover menos e precisava de mais ajuda. Eu me comprometi a ir toda noite, depois do trabalho, para ver como estava, garantir que tinha jantado e ajudá-la a ir para a cama. Meus pais não me pediam explicações por fazer isso. Diria que entenderam a seu modo. Talvez os muros de gelo de nós todos estivessem se rachando. Em uma manhã, a encontrei quase inconsciente, sem oxigênio, sem que tivesse tido tempo de chegar ao banheiro e quase incapaz de abrir os olhos. Enquanto recuperava um pouquinho a compostura, ela sorria para mim e me dizia várias vezes: "Que bom que você veio, meu bem."

Lavava seu corpo depressa, evitando que ambas se constrangessem, mas, com a prática, adquiri habilidade, e nós duas nos acostumamos ao fato de que isso precisava acontecer de vez em quando. Era triste fazer isso, mas era bonito. Não conseguia pensar em uma intimidade mais selvagem entre duas mulheres que aquele tipo de dependência de mão dupla, na qual todas as barreiras emocionais possíveis se quebram. Ela precisava de mim para cuidar de seu corpo e lhe oferecer a dignidade que a doença lhe tirava, eu precisava dela porque sua companhia estava devolvendo minha vida.

Com o visto de aprovação do médico que a visitava, decidimos que era melhor que ela dormisse sentada. Isso lhe auxiliaria na hora de levantar para ir ao banheiro e lhe ajudaria a respirar melhor. O tempinho final do meu dia era para passar em sua casa, recolher a louça do seu jantar, limpar seu rosto, passar nela seus cremes, soltar seu cabelo, fechar bem sua bata, e procurava envolver seu corpo com o edredom. Fechava a porta com muito cuidado e a deixava no escuro, acompanhada pelo gorgolejo das bolhas de oxigênio e pelos assovios de seu peito extenuado.

No último domingo que passamos juntas, tingi seu cabelo com o loiro de sempre, o mesmo de quando a conheci. Os vapores da tinta não lhe faziam nada bem, mas a essa altura da doença valia a pena. Foi uma odisseia clarear seu cabelo, mas dei um jeito, com uma bacia, uma jarra, muita paciência e um esfregão. Ela adorou se olhar no espelho e reconhecer algo daquela fúria loira que tinha sido.

Durante aquela semana ela foi de mal a pior, eu ficava mais tempo nas visitas noturnas e vinha mais cedo de manhã. Passava o dia em meio a uma neblina da qual era difícil sair e quase não comia. Dava café da manhã para ela a duras penas, botava uma fralda nela e deixava um cantil de água em uma mesinha junto à poltrona da qual não se levantava mais. Apenas tinha que esticar o braço para alcançar a água. À noite, encontrava-a quase intacta. Eu a obrigava a beber, limpava-a e tentava fazer com que comesse algo, sem forçar. Sua fome era sua.

Era difícil dormir imaginando-a sozinha naquela casa no escuro. E ela não queria deixar as luzes acesas porque dizia que, assim, a ceifadora a encontraria antes.

No final de semana parecia mais ativa, mais disposta. Propus arrumar seu cabelo, e ela tinha energia suficiente para encarar isso. Falava com dificuldade, tinha que juntar uma grande quantidade de ar para pronunciar as palavras e se cansava muito fazendo isso, então eu falava mais, e ela me escutava com seu sorriso aberto. Passamos a tarde enroladas nessa sessão estética, e logo depois chegou a noite com suas rotinas. Jantou um pouco melhor, uns pedaços de fruta fatiada e dois queijinhos de que gostava muito. Quando montei sua crisálida com o edredom, percebi que sentia necessidade de falar e me aproximei o máximo possível para que fosse mais fácil, ela cheirava a perfume de nardos e a colônia Heno de Pravia.

— Deixa o toca-discos ligado? – sua voz já não era mais uma voz. Escutá-la requeria interpretar um vento levíssimo.

Coloquei o aparelho sobre um carrinho de bar que usava para botar sua comida e o aproximei, para que ela pudesse desligá-lo quando quisesse.

— Que quer ouvir, minha rainha?

— *La... gata... bajo... la lluvia* – logo depois encontrei *Confidencias*, de Rocío Dúrcal, na estante de discos de vinil.

— Vou botar o lado B, "La gata" é a primeira música. Se quiser ouvir de novo, é só levantar a agulha e colocá-la no começo. Consegue?

Ensaiamos o gesto umas boas vezes, e ela dava um jeito de fazer aquilo sem muita dificuldade. A música começou a tocar, e seus olhos umedeceram. Eu me aproximei de novo para perguntar se estava bem.

— Eu... fu... i a ga... ta mu... muitas... ve... zes. M... mas pa... ra mim... b... basta.

— Eu não tenho nenhuma dúvida, essa miúda deve ter sido a tigresa da rua Orense.

Passei a mão em seu cabelo, dei-lhe um beijo na testa e sorrimos uma para a outra. Ficou assim, com um abajurzinho aceso para que pudesse manejar o toca--discos. Fui embora desejando que essa noite pudesse sonhar com ela da forma como havia aprendido a vê-la por meio de suas memórias, vestida de branco, com uns saltos brilhantes, embriagada com a vida, dançando sob a chuva com todos os homens que alguma vez estiveram aos seus pés.

Todas as mulheres

Acordei bem antes do sol nascer. Durante aquele fragmento de noite no qual fui descansar, permaneci nesse estado de adormecimento alerta que acontece antes de uma viagem ou do primeiro dia de algo importante. Nessa distância da consciência que te obriga a tatear por uma leve escuridão por meio da qual você percebe a passagem do tempo.

Fazia frio na casa dos meus pais, o tipo de frio que dá para sentir assim que você bota o pé para fora da cama, fica engasgado no seu peito e não há calor que alivie isso. Sente que a roupa e as bebidas quentes são um cobertor curto que sempre deixa alguma parte do seu corpo de fora. Tomei um banho longo, demorando o necessário em cada parte de meu corpo em que passava a esponja. Tentei fazer isso com cuidado, como se tivesse apreço pela minha carne, sem a pressa habitual e as esfregadas de monja em penitência perpétua que deve arrancar o diabo de sua pele. Tive cuidado ao me vestir; em uma primeira camada de minha mente, não entendia muito bem por que estava fazendo tudo com essa lentidão, como se fosse um ritual. No entanto, em uma camada mais profunda, nesse pensar que não se escuta com palavras, mas que sabe se fazer entender em sua escuridão, eu sabia.

Saí de casa sem que o sol tivesse tempo de cruzar o véu do horizonte, o céu já mudava de cor e nossa rua parecia iluminada por uma luz ultravioleta, como de um lábio arroxeado.

Abri a porta da casa de Margarida e vi sua silhueta sentada contra a luz. Dava para ouvir o murmúrio do oxigênio e o zumbido sincopado da agulha do toca-discos, que chegara ao final e teimava em continuar lendo uma superfície que não tinha nada para contar. Aproximei-me de Margarida para ver sua cara iluminada pelo abajurzinho que deixara aceso para que ela pudesse manejar o braço do toca-discos.

— Bom dia, minha rainha – falei para seu corpo já completamente entregue à eternidade. – Sabia que você ia deixar o disco ali e que o cabeçote ficaria desse jeito, dando testadas contra o eixo do prato. – Minha voz se partiu, um choro suave e trêmulo agitava o meu peito. Que frio que fazia. – Vamos ver se não riscou o vinil, é muito delicado.

Guardei o disco em sua capa e o coloquei na estante entre uns grandes sucessos de Boney M e *La leyenda del tiempo*, de Camarón. Afastei uma mecha de cabelo de seu rosto e a botei para trás da orelha, estava morna, a temperatura da entrega, quando não é mais possível rebelar-se pela febre ou hipotermia. A ausência de defesas, a morte, é uma coisa simples e nada notória, a matéria passa para um estado de mediocridade quando a alma fecha os caldeirões da paixão, da angústia, do amor ou da ansiedade e abandona a carne.

Chamei uma ambulância, em voz baixa e de outro quarto, como se Margarida pudesse me escutar e fosse ficar preocupada. Expliquei detalhadamente a situação duas vezes para diferentes atendentes, uma equipe se colocou em movimento e chegaria logo. Depois liguei para uma companheira do trabalho para avisar que não iria.

Voltei à sala e aproximei uma cadeira do sofá para estar perto dela, tomei sua mão com delicadeza, a mesma com a qual havia poucas horas colocara "La gata bajo la lluvia" repetidamente.

— Hoje pulamos o café da manhã, minha rainha. Você está linda. Esse toque que a ceifadora te deu lhe caiu muito bem. Não sei se a luz acesa teve algo a ver, acho que já estava na agenda dela e não foi por causa do abajur – tinha que parar para respirar a cada instante, o sofrimento se acumulava em minha garganta e precisava diminuí-lo expulsando ar entre as frases.

"Ai, Margarida, a gente fez algo tão lindo, mas tarde demais. Ainda tinha muitas coisas para te dizer, você já sabe o que é, acredito que antes mesmo que eu soubesse. Você me dava muito medo quando era pequena, porque todos os meus jogos infantis, todos os contos, todas as mulheres me diziam que eu era como você. E eu não queria ser como você. Não queria que me tratassem como os homenzinhos covardes te tratam e me empenhei em me transformar em um deles. Não fui nada além de um homenzinho covarde que de vez em quando se apaixonava pela lua, um Endimião que se travestia para se sentir bonito, que se deixava devorar por dragões para se desfazer de sua carne e ascender ao lado direito de sua mãe. Fui meu próprio cafetão, meu pai rígido e meu carcereiro, Margarida. E não aguento mais isso. Nunca vou soltar a sua mão, nem a mão de mamãe Eugênia, não vou deixá-las ir embora de vez, vão ser minhas santas, minhas luas, meus espelhos que dizem a verdade. É verdade que podemos ser felizes, Margarida? Se você não se importar, vou ficar com o álbum preto e dourado, vou precisar olhar para ele para lembrar que sim, temos direito a uma vida gloriosa, e a desgraça é uma coisa que fazem conosco, não é algo que carregamos como uma marca de nascença de bruxa. Agradeço por tudo, minha rainha. Agradeço pelos boleros e pelas histórias, agradeço pela risada e pelo choro, agradeço por ter me dado o beijo com o qual se volta à vida.

A ambulância chegou, seguiram o protocolo obrigatório e auxiliei-os com as histórias e os informes médicos que descreviam a evolução de sua doença. Comprovaram que sua morte fora consequência natural de seu estado, a médica assinou o atestado correspondente e foram embora. Também me ocupei de ligar para a funerária municipal e buscar um transporte, assim como um velório digno, ao qual não iria.

A equipe médica a levou até a cama a meu pedido, queria que ela estivesse confortável lá longe. Caí ao seu lado e acariciei a lapela de sua bata rosa com meus dedos, ela estava manchada de comida da noite anterior e isso não podia ficar assim. Levantei-me e peguei uma esponja com sabão para esfregar a mancha e, quando voltei ao cômodo, pude ver a imagem completa como uma revelação de Nossa Senhora, como o advento de uma bela rainha, como um segredo que os anjos sussurram no ouvido dos pastores. Margarida iria embora como a fúria loira que foi, como a imperatriz da rua Orense. Tirei suas roupas depressa, preparei uma bacia com água e umas gotas de gel de banho, embebi uma toalha pequena com água e sabão e lavei seu corpo com a reverência com a qual Madalena teria lavado Jesus, com o cuidado com o qual se prepara uma mãe poderosa para enfrentar a eternidade. Assim que estava limpa, passei creme hidratante por toda sua pele e fiz sua rotina facial completa. Escolhi um vestido branco e comprido, de frente única com cristais no fecho do traseiro, que foi difícil de encontrar entre a quantidade de roupa que tinha dividida entre dois armários embutidos. Ela cismava no rosa, mas sua cor era o branco.

Maquiei seu rosto com muito cuidado, embora tivesse perdido a prática, mas dei meu jeito para alcançar seu estilo de maturidade: "Natural, mas que chame atenção", costumava dizer. As marcas no seu rosto, as protuberâncias que amargaram minha infância, pareciam terra sagrada, e beijei-as devagar, honraria essas colinas da beleza com toda minha vida, e eu veria uma deidade em cada mulher que as tivesse, lançaria flores aos seus pés. Ninguém nunca será tão perfeito como as travestis com a cara arruinada. Ninguém é tão lindo como as mulheres que sacrificaram tudo para alcançar essa beleza indecifrável aos olhos idiotas. Nenhuma mulher, ninfa ou deusa, jamais será mais linda que a última Margarida que eu vi desaparecer sob o lençol branco da funerária. Antes que a levassem de sua casa, coloquei sobre a maca um par de sapatos, também brancos, com um bom salto.

— Agradeceria muito se botassem os sapatos nela para o velório, por favor.

— Claro que sim, senhor – me disse o maqueiro.

— É senhora – respondi.

Ele me olhou de cima a baixo sem entender o que eu estava dizendo, mas se corrigiu:

— Senhora, então. Vamos falar que é para botar os sapatos nela, não se preocupe.

Eu me sentei na poltrona em que Margarida dormia, para chorar tranquila e sem o soluço da ansiedade. Chorei bonito e comprido, até não sobrar uma lágrima a purgar em mim.

Lavei meu rosto no banheiro e me olhei no espelho fixamente, não fazia isso havia mais de dez anos. Para evitar fazer isso, me barbeava dentro do boxe, sob o jorro de água quente e com os olhos fechados. Tateava com as polpas dos dedos os limites e lugares de raspagem da penugem facial, para então passar a lâmina.

Os anos me trataram bem e, além de ter uns lábios bonitos, parecia que tinha herdado a bênção do colágeno de minha mãe, não tinha rugas e nenhuma outra imperfeição na pele. Era o momento de preparar o advento da linda rainha que vira entrar no quarto da Margarida pouco antes de adorná-la para sua grande viagem. Tirei da estante o disco de aniversário de quarenta e cinco anos do Velvet e botei "Femme Fatale" para tocar em um bom volume.

Voltei para seu quarto e tirei minha roupa como uma mulher faria antes de entrar numa pira, olhando para frente e desafiando um fogo que apenas eu via. Cem mãos de fantasmas sustentavam minhas pernas e costas, e evitavam que as dúvidas afrouxassem meus membros. Todas as mulheres do mundo me contemplavam: Eugênia, que tinha avançado um pouco mais na idade, com fios de prata no cabelo, sorria diante de uma penteadeira cheia de flores e olhava para cima, como se buscasse cumplicidade com uma voz invisível; Jay se balançava em um balanço sob a lua, beijava sua mão e lançava o beijo em minha direção; Maria, a Peruca, sacudia os ramos que agora eram suas mãos e saudava meu destino com a casca da árvore para a qual sua alma se trasladara. Botei um vestido cor de telha com os ombros descobertos, que ficava perfeito em mim, me maquiei com as mesmas pinturas que utilizara para a despedida de Margarida, despenteei meu cabelo, que tinha crescido até um lugar indeterminado entre a têmpora e a mandíbula, calcei uns saltos que não tinham como ser mais vermelhos e saí para a rua em que crescera, com a cabeça erguida, quase dançando, pelas fotos do Figueroa, pela Paula, a Chinchila, por Daniel e seus nove dedos, por Alicia e seu talento para jogar futebol, pelos *grand jeté* que não levaram Benjamin ao céu, pela menina com um tapa-olho que dançava as músicas da Raffaella Carrà e Irene Cara, pelos altares nos quais me sacrificara.

Não tinha nome, mas existia. Habitava minha própria lenda, não tinha nome, mas era Hécuba triunfante, Cassandra, Carmilla, Lá-Fora-Na-Cabana,[*] a madrasta da Branca de Neve, La Bikina,[**] a Chorona, a Dama do Lago, Afrodite, Cristina Ortiz, Roberta Marrero, sóror Juana Inés e a Rainha de Maio. Era todas as mulheres.

---

[*] Referência à personagem Out-In-The-Shed, do romance *The Man Who Fell in Love with the Moon*, de Tom Spanbauer. [N.T.]
[**] Referência à mulher da canção "La Bikina", interpretada por Luis Miguel. [N.T.]

Ouça a playlist de Alana S. Portero para este livro:

A primeira edição deste livro foi impressa em novembro de 2023,
ano de estreia deste selo Amarcord.

O texto foi composto em Dante MT Std, corpo 12/17.
A impressão se deu sobre papel off-white no
Sistema Cameron da Divisão Gráfica da Distribuição Record.